# EN ROS MED MÅNGA TÖRNEN

## REGENCY-ESKAPADER
### NOVELL TVÅ

## EBONY OATEN

# KAPITEL 1



## DECEMBER 1813

Förtjänt eller ej så hade Rose Bonklesford ett rykte.

Hon hade två val när det gällde hur hon skulle hantera det: motbevisa det eller leva upp till det.

Hon valde det senare.

Belastad med sin mors synder – vem hon nu än hade varit – och utan en far som gjorde anspråk på henne, hade Roses framtid kunnat vara dyster. Inte alla föräldralösa hade turen att hitta en tillflykt på Duke Streets barnhem.

Ack, den barndomen låg i det förflutna, när hon steg ner från flaket på en fraktvagn och klev in i det nyaste kapitlet i sitt liv.

Den kalla vinden slog mot hennes nacke. Hon drog sin sjal tätt om sig för att stänga ute kylan. Den dimmiga fukten fick hennes lösa hår att krulla sig till korkskruvar. En sådan frisyr hade kanske sett förtjusande ut på en dam av börd, men i hennes fall blev det bara tilltufsade råttsvansar. Rose kontrollerade husnumren för att försäkra sig om att hon var på rätt plats.

Allt stämde. Med ett djupt, förväntansfullt andetag tog hon trappan ner till tjänstefolkets ingång.

En betjänt öppnade dörren strax efter att hon hade knackat på. Hon räckte över sitt introduktionsbrev och sade: "Hans nåd har skickat efter mig. Jag ska börja omedelbart. Bäst att inte låta honom vänta."

Han mönstrade henne från topp till tå och ryckte lätt på axlarna. "Ni kan lika gärna komma in."

När hon gick genom köket slog blandningen av bakdofter och brinnande kol emot henne som en vägg. Hon hostade till.

Betjänten vände sig om och frågade strängt: "Ni är väl inte sjuk?"

Ivrig att få fortsätta skakade Rose bara på huvudet och följde honom vidare in i det angränsande rummet. Stearinljus och en mindre brasa i den öppna spisen gav ljus.

Och mer sot.

De skulle behöva skicka upp en sotare i skorstenen på morgonen för att åtgärda vilken blockering det nu än var där uppe.

Betjänten räckte över brevet till en äldre kvinna med vänliga ögon och sade: "Fru Soames, en fröken Bonklesford är här för pigtjänsten."

"–" Rose kväkte fram en protest.

Hon var inte här för att vara piga. Hon var här för att vara guvernant.

Fru Soames, som Rose antog var husföreståndarinnan, såg förvånat upp. Sedan tittade hon förbi Rose på den retirerande betjäntens rygg och sade: "Ni får vänta."

Rose suckade av lättnad. Det här var uppenbarligen en lek de spelade för att pröva karaktären på nyanställda.

"Sätt er", sade fru Soames medan hon läste igenom brevet. "Jag ska tala klarspråk. Ni är inte vårt förstahandsval som guvernant. Ni är inte ens vårt tionde. I vanliga fall skulle vi aldrig låta någon med ert rykte sätta sin fot innanför vår dörr, men nöden har ingen lag. Barnen är bokstavligen ostyriga. Varje ung kvinna som anländer är full av hopp och charm, men de lämnar oss nedslagna. Jag är säker på att ni inte kommer att vara annorlunda."

En isande känsla av illamående spred sig i magen på henne, och inte bara på grund av hänvisningen till hennes rykte. Kanske skulle rollen som piga inte vara så dum trots allt.

Till sin djupa förlägenhet kom ett pipigt "Vad är det för fel på dem?" ur henne.

"Ni får se", sade fru Soames. "Följ med mig. Låt oss presentera er för dem."

Åtta barn! Åtta stökiga barn som slogs med kuddar och hoprullade handdukar var det som mötte Rose Bonklesford i barnkammaren denna regniga eftermiddag.

Eftersom hon själv vuxit upp på ett barnhem var Rose van vid bångstyriga ungar med för mycket energi, men det här var något helt annat.

Fru Soames, husföreståndarinnan, sträckte sig efter visselpipan på sin châtelaine. Hon skar genom luften med en gäll signal.

För ett ögonblick stannade barnen upp och vände sig om för att se varifrån avbrottet i deras kaos hade kommit. De lade märke till de två vuxna kvinnorna i rummet men sade ingenting. Ett hjärtslag senare kastade de sig över varandra igen med full kraft.

Kuddar dunsade och puffar av fjädrar slapp ut och svävade i luften.

Fru Soames vände sig mot Rose och sade: "Lycka till, guvernant Bonklesford."

Sedan lämnade hon rummet och stängde dörren bestämt bakom sig.

Rose, som fortfarande höll i sin koffert från resan, såg sig om efter en stol att slå sig ner på. Bortsett från smärre skador på kuddarna hade barnen inte förstört något i rummet. Faktum är att de hade flyttat undan många mindre föremål som muggar och ljusstakar för att undvika att ha sönder dem.

De var röda i ansiktet av ansträngning, men inte av skada.

Ett leende smög sig över Roses ansikte. Hon skulle låta dem trötta ut sig. Det skulle ge henne mer tid att observera utan att dras in i striden.

Barnen påminde henne om Duke Street. Inte de allra minsta – de var inget problem – men de som likt henne själv hade kommit dit efter några år på gatan, fulla av vassa kanter och bitterhet. Hon såg sitt yngre jag i dessa odågor. Hennes kamrater på Duke Street hade dock inte slagits med kuddar. De hade använt knytnävarna.

Rose hade brutit upp sin beskärda del av slagsmål som hade lett till blåslagna knogar och ansikten, till och med utslagna tänder! Några av dem kunde vara riktiga slagskämpar.

Det här var ett säkert rum som inte läckte (åtminstone läckte det inte just då, trots det ylande regnet utanför), och det drog inte från fönstren.

Dessa barn busade bara. De kunde knappast gå ut i detta vidriga väder. De fnissade, skrattade och skrek av glädje medan de drämde till varandra med mjuka tyger. Alltihop var bara roligt.

Kinder och pannor glänste röda av ansträngning. Några hade fuktigt hår som klibbade fast vid svettiga pannor. Om de höll på en minut till skulle Rose bli imponerad.

Men åtta barn? Inte undra på att de andra guvernanterna hade slutat efter sina korta anställningar. Hon försökte räkna dem för att vara säker. Det verkade nästan som om det kunde finnas fler. Om de bara ville stå stilla!

Den näst största av pojkarna gick mot Rose med en kudde höjd i luften och ett djävulskt leende på läpparna.

Rose sprang upp från sin stol och sträckte ut handen för att stoppa angreppet. Barnet grymtade åt sitt misslyckade försök att drämma till henne. Rose lade snabbt sin hand stadigt på pojkens svettiga huvud och vinklade kroppen så att han inte kunde nå henne.

Dags att presentera sig. "Jag heter fröken Bonklesford. Vad heter du?"

Pojken fortsatte att grymta och fäkta.

"Han pratar inte", sade den äldste pojken. "Han bara slåss."

En lång flicka slutade slå på sitt syskon och sade: "August brukade prata, men han fick påssjuka, så nu gör han inte det."

Under tiden släppte pojken, som nu var känd som August, sin kudde och försökte sparka på Rose istället.

Hans fot träffade Roses knä och hon vacklade till för en sekund. Lyckligtvis för Rose bar han inte skor, annars hade han kunnat orsaka verklig skada.

"Det räcker nu, August", sade Rose medan hon knuffade sig bort från honom och torkade av sin svettiga handflata mot kjolarna.

August utnyttjade sin tillfälliga frihet och flög på henne, hans knubbiga knytnävar slog mot hennes mage. Eftersom det var tidig vinter bar Rose flera lager kläder för att hålla värmen. Samma lager dämpade slagen, men bara en aning.

Hon skulle behöva all sin livserfarenhet för att tämja detta särdeles arga barn, om det ens var möjligt.

Dörren öppnades och en löjligt stilig man klev in med raska steg och fyllde hela rummet med sin närvaro. Han bar en mörk kostym i midnattsblått, som kontrasterade mot hans askblonda hår som hade de första silverstänken vid tinningarna.

Hur vågade han vara så stilig!

Hon måste se förskräcklig ut. Hon stoppade en lös hårslinga bakom örat och neg i hans riktning.

"Farbror Rory!" ropade barnen i kör. Som en enda man rusade de mot mannen och överöste honom med en kollektiv omfamning.

"Mina älsklingar!" utropade mannen som kallades farbror Rory. "Jag är rörd av er tillgivenhet!" Han såg verkligen lycklig ut över att bli överöst med så mycket känslor. Det fick något att värka inuti Rose att se en så kärleksfull scen.

Det fick honom bara att se ännu vänligare och mer generös ut, utöver hans stilighet, vilket, som hon tidigare noterat, var löjligt.

Rose stod kvar där hon var, på avstånd från folksamlingen, och väntade på en lucka i kakofonin för att presentera sig för vem denna man nu var, och hoppades hela tiden att hon inte skulle göra bort sig totalt under processen. Ta tid på er, barn, tänkte hon för ett ögonblick. Det gav henne tid att betrakta honom, hans behagliga anletsdrag.

I sitt huvud kunde hon höra rösten från föreståndarinnan Cavendish på Duke Street som skällde: "Sluta fladdra med ögonfransarna åt varje stiligt ansikte!"

Barnen visade inga tecken på att sänka rösterna. De fortsatte att krama honom och ösa beröm över honom.

Denne *farbror Rory* klappade deras huvuden som ett tecken på erkännande. Rose kunde inte låta bli att beundra linjerna på hans händer. Hans fingrar var välformade och rena, händerna på en man som arbetade inomhus, inte utomhus. Han måste vara viktig för hushållet.

Kanske var han bror till Hans Nåd? De hade ju kallat honom farbror.

När han till sist såg åt hennes håll neg hon igen och presenterade sig. "Fröken Bonklesford, nyanländ guvernant."

Han sträckte ut sin högra handflata mot henne och förflyttade sig själv och barnen en aning närmare. Rose slöt avståndet och fann sig själv stirrande alldeles för intensivt in i hans eleganta drag.

"Guvernant?" frågade han, medan ett välformat ögonbryn sköt i höjden av misstro.

"Ja." Hennes hand mötte hans. Varma ilningar spred sig över hennes hud och uppför armen. Om hon gav efter för stammande och rodnad nu, skulle hon bara bekräfta sitt rykte.

Men, herregud, han var så väldigt vacker att se på. "Jag anlände nyligen och har bara lärt mig ett av barnens namn här. Men jag ska snart kunna alla åttas."

"Jag är den nye baron Gregory", sade han medan han drog tillbaka sin hand. Mannen småskrattade. "Åtta barn, säger ni? Det var bara sex av dem här igår."

Hon tappade andan av förvirring. Inte baronens bror, som hon hade antagit, utan *baronen* själv. Det var bäst att hon slutade stirra på den förtjusande gropen i hans haka och var förnuftig. Han var hennes arbetsgivare.

Nu när deras knep var avslöjat slutade barnen krama mannen och ställde sig tillsammans i en klunga, som om det gjorde dem svårare att skilja åt.

Baron Gregory tittade på den mindre av de två flickorna och sade: "Du är inte i knipa, men vem kan du vara?"

Det lilla barnet gömde sig bakom den äldsta flickan i gruppen och gnydde men sade inte ett ord. Den äldsta flickan talade för henne. "Hon heter Anne, och vi lovade henne att ni inte skulle märka en extra." Flickan pekade sedan på Rose och sade: "*Hon* avslöjade det, så skyll på henne."

Frustration kokade i Roses blod över att bli utpekad för att ha brutit mot någon sorts kod.

Mannen sade: "Jag är förvirrad. Fröken Bonklesford, tog ni med er ett extra barn?"

"Nej, ers nåd", svarade Rose, och hennes värld vändes upp och ner. Dessa barn var sannerligen en utmaning, men hon ville inte slåss med dem, varken fysiskt eller på annat sätt.

Rose antog att de måste försöka rädda varandra och erbjuda någon form av skydd här. Det sista hon någonsin skulle göra var att skicka tillbaka ett barn ut på gatorna. Särskilt vid den här tiden på året.

Hon var tvungen att hitta ett sätt att få dem på sin sida om hon skulle klara sig ens en vecka på det här stället. "Snälla, lord Gregory, klandra inte barnen bara för att de tar med sig en vän för att leka med. Jag kan lära åtta stycken bokstäver och siffror lika bra som sex."

Han verkade ta till sig detta och tog ett ögonblick på sig att bestämma sig.

"Diplomatiskt uttryckt", sade han. Sedan vände han sin uppmärksamhet mot barnen. "Anne får stanna för dagen, men hon måste återvända hem före middagen."

Istället för att tacka honom började flickan som kallades Anne att jämra sig. Den äldsta kramade henne hårdare och sade: "Hon har inget hem!"

Resten av barnen tog detta som en signal att börja gråta i sympati. De bildade en skyddande kramcirkel runt de två flickorna.

Det avgjorde saken för Rose. Flickan Anne måste få stanna. Om hon inte hade ett hem skulle hon inte överleva i den här världen.

Baron Gregory frustade ut en suck och slog handflatorna mot sidorna av sin bonjour. "Fint då, hon får stanna! Men det här är den sista. Jag kommer aldrig att höra slutet på det om folk får reda på hur många barn som är här."

Förvirrad såg Rose på honom för en förklaring.

Han gav henne ett sorgset leende som hade kunnat slå

omkull henne. "Det var bara fyra barn här när jag först anlände!"

Till sin oändliga frustration kunde Robert Chalmers aldrig motstå att hjälpa sin storebror. Även i döden förblev banden av skuld och förpliktelse spända. De hade helt enkelt gått igenom för mycket tillsammans för att han skulle kunna vända ryggen åt sin plikt nu.

Även om det gjorde honom till skvallrets nya medelpunkt.

Andra må ha rått honom att två sina händer från hela röran, men han kunde inte förmå sig att göra det. Inte heller kunde han förklara exakt varför. Det var en känsla han inte riktigt kunde sätta ord på, men den höll honom fast vid denna egendom när han med all rätt borde ha gett upp och skyndat sig till London.

Då kunde han lämna sin brors problem och rykte långt bakom sig.

Men hur övergav man en brors arv? Robert skulle inte vara den man han var idag utan Charles hjälp under så många år. Dessutom skulle han förstås inte vara baron Gregory om det inte vore för sin brors bortgång.

*Charles Chalmers den Charmige* var så hans bror hade varit känd. Nu känd som *salig Charles Chalmers den Charmige*, som hade lämnat förödelse och en skock ungar i sitt kölvatten. Exakt hur många ungar hade Robert ingen aning om.

Denna senaste guvernant kunde så lätt ha varit en av hans brors många erövringar. Hon var så behaglig att se på och hade en angenäm ton som fick honom att tänka alldeles för mycket i samma banor som sin avlidne bror. Åtråns vansinne som fanns i deras familjs blod. Det gav näring åt skvaller och rykten.

Han var tvungen att motstå, var tvungen att *fortsätta motstå* för att bryta förbannelsen som plågade familjen med otur. Och, ännu viktigare, han var tvungen att hålla huvudet kallt för att reda ut Charles röra.

Han stannade kvar i barnens rum för att … för att vad? För att fortsätta titta på denna vackra unga guvernant? Nej, detta var … aha, det var plikt. Ja, *plikt*. Ju mer han intalade sig det, desto sannare kanske det skulle bli.

De hade avverkat så många guvernanter att han åtminstone var skyldig denna att ta reda på hur barnen var så framgångsrika med att driva bort dem. Och att utöka sitt antal mellan en guvernants avfärd och nästas ankomst.

Det var något så förtrollande med sättet som denna guvernant gav sig i kast med att lära sig barnens namn. Sättet hon frågade var och en av dem vad de tyckte bäst och sämst om att lära sig.

Överraskning for genom Robert när hans brorsdotter, Caroline, meddelade att hon gillade att lära sig siffror och avskydde handarbete. Han hade varit säker på att det skulle ha varit tvärtom. Sedan sade unge George, hans brorson, att han gillade att studera jordgloben och ville resa. Hans minst omtyckta ämnen var "allt annat".

Robert småskrattade lågt. Inte tillräckligt lågt, då fröken Bonklesford vände sina glänsande bruna ögon frågande mot honom. Han sade snabbt: "Bry er inte om mig."

De två äldsta, Caroline och George, föddes under Charles äktenskap med Mary, Gud vare hennes själ nådig. Hon hade drabbats av feber och dött när George fortfarande var i lindor.

Resten av barnen *kanske* var släkt. Ack, det fanns inget sätt att veta hur många oäktingar Charles hade avlat över hela England. Möjligen även Skottland, eftersom han hade rest dit en sommar. Det var därför Robert hade tagit emot barnen. Om de växte upp som bröder och systrar minskade det risken att de av misstag skulle gifta sig med varandra senare.

Åtminstone var det hans rationalisering.

Han hade accepterat de två första extra barnen när de anlände till godset med en plågad barnsköterska i släptåg och krävde sin födslorätt. Ryktet måste ha spritt sig i staden, för nu var de så många fler. Det var åtta barn – nu när de satt vid bord var det lättare att räkna dem korrekt – i detta provisoriska klassrum, men vem visste hur många fler som gömde sig i andra delar av huset? Han var säker på att det inte var hans ögon som spelade honom ett spratt; några av dessa barn såg väldigt annorlunda ut än de han sett förra veckan vinka av den förra guvernanten.

En idé tändes. Han skulle aldrig våga genomsöka pigornas rum ensam, men om fröken Bonklesford följde med honom skulle hon kunna hitta extra barn och lirka fram dem.

Potentiellt sett skulle hon kunna charma de föräldralösa på övervåningen. Precis som hon charmade de vilda barnen här i klassrummet, rakt framför hans ögon. Det var något förtrollande med sättet hon upprätthöll kontakt och konversation med barnen.

Han skakade på huvudet när insikten grydde. Hon höll på att vinna deras förtroende och tillit. Etablera en relation.

Bravo, fröken Bonklesford!

# KAPITEL 2

Det var en sällsynt vacker vintereftermiddag. Den kalla luften kittlade i Roberts näsborrar. Solen erbjöd en antydan till värme genom hans mörka ridrock. Det hade gått fyra dagar sedan miss Bonklesford anlänt till godset, och hon hade fört med sig en överraskande ordning och ett relativt lugn för alla.

Till och med hans brorson och brorsdotter, George och Caroline, verkade gladare än vanligt.

Han längtade efter att få observera miss Bonklesfords talang med barnen, för att upptäcka exakt hur hon hade vunnit över dem så snabbt. Det skulle dock vara opassande att ge henne så mycket uppmärksamhet, så han höll sig på avstånd.

Det sista han behövde var mer skvaller. Han stod inte ut med hur folk pratade om honom bakom hans rygg.

Torkade löv färgade marken och krasade under fötterna medan stallkarlarna gjorde i ordning hans häst, Dalrymple. Djurets päls glänste i solen. Det skulle kanske inte bli så många fler vackra dagar som denna under de kommande månaderna, så han tänkte passa på att ta en ridtur för att inspektera godsets ägor.

Han steg upp i sadeln och gjorde sig redo att rida ut med Dalrymple. När han vände sig om rörde sig någon vid ett fönster på övervåningen. Någon med eldrött hår. Samma färg som de fallna löven från ekarna och lönnarna.

Så underligt. Den enda personalen med den hårfärgen arbetade i köket. Hade miss Bonklesford anställt någon extra från barnhemmet för att hjälpa henne med barnen? Mrs Soames skulle väl ändå ha informerat honom.

Med en djup suck insåg han att det kunde vara ännu ett barn. Ridturen med Dalrymple fick vänta. Han bad hästen och stallkarlarna om ursäkt, steg av och gick in igen.

I klassrummet fann han miss Bonklesford som läste för barnen.

En snabb räkning visade åtta barn, precis som igår. Idag, noterade han, verkade det finnas fler flickor än pojkar i rummet. Ingen av dem med den röda hårfärgen.

Miss Bonklesford och barnen reste sig för att hälsa på honom och väntade på hans instruktioner.

En ljusstråle sken bakom miss Bonklesford och gav hennes mörka hår en gloria som en ängel. Ett hugg av längtan träffade honom i solarplexus och han glömde bort hur man andades.

Miss Bonklesford blinkade och väntade på att bli tilltalad.

Han harklade sig, men inga ord kom. En stum dumbom. Han försökte igen, och denna gång kom orden ut. "Jag kom för att insp—besöka barnen, för att se hur de ... och ni ... har det."

Miss Bonklesford vände sig mot barnen och nickade. På hennes signal ropade barnen: "Farbror Rory", och omfamnade honom.

Vilket gjorde det omöjligt att se deras ansikten.

Smarta barn.

"Tack, mina kära", sa han och klappade var och en på huvudet. Om han inte kunde se deras ansiktsuttryck fick han väl notera mönstren i deras hårvirvlar.

Dofter av tvål istället för svett omgav honom. "De luktar annorlunda idag, miss Bonklesford", sa han och vände sig mot henne.

Hon neg och sa: "Mycket observant av er. De har alla badat och tvättat sig före frukost. Det är vår morgonrutin. Sedan övar vi på siffror och bokstäver. På eftermiddagen läser vi tillsammans."

Barnen omgav honom och höll om honom.

"Kan de lämnas en stund för att läsa på egen hand? Jag behöver er ... i biblioteket."

Till hans belåtenhet nickade hon och organiserade snabbt barnen genom att para ihop de äldre med de yngre. Han kunde ha svurit på att han såg en svag rodnad på miss Bonklesfords kinder, men det var kanske bara ett spratt från ljuset.

Några minuter senare följde guvernanten honom nerför korridoren mot trappan. En sting av ånger träffade honom. Han vände sig om, het i ansiktet över sin list. "Jag har vilselett er, miss Bonklesford, men jag har en mycket god anledning till detta. Jag kunde inte säga det här framför barnen, eftersom det skulle göra dem upprörda. Ni ... ni har tillbringat mest tid med dem, och ni har vunnit deras förtroende på anmärkningsvärt kort tid. Ni har även vunnit mitt, eftersom hushållet verkar fungera smidigt och relativt tyst."

Hon neg artigt men sa ingenting.

"Maten har också blivit bättre. Jag är inte säker på hur ni lyckades med det, eftersom ni inte är i köket – åtminstone är jag inte medveten om att ni är det."

Vid detta log hon, och något fastnade i hans hals över hur vackert hon gjorde det. "Mrs Soames och jag ordnade så att en sotarpojke klättrade upp och rensade bort fågelbona. Röken stiger nu upp genom skorstenarna istället för ut i köket och på vår mat."

"Jag ska tacka Mrs Soames genast", sa han, sedan rynkade

han pannan i tankfullhet. "Jag har inte fått någon räkning för en sotares tjänster."

Miss Bonklesford neg igen med en snabb bugning. När hon sänkte kroppen drogs hans blick ofrivilligt mot den övre kanten av hennes livstycke. Han borde inte ha tittat. Han var ingen vivör som sin bror, som ville ligga med sin personal.

Han var tvungen att göra motstånd!

"Det kommer ingen räkning, lord Gregory", sa miss Bonklesford. "Ett av barnen utförde tjänsten, eftersom de har erfarenhet av det yrket."

Han hostade till av förvåning och frågade: "Är det den med klarrött hår som jag såg från innergården, genom barnkammarens fönster?"

Hennes ansikte föll, och han hade sitt svar. "Min herre, jag sa åt henne att hålla sig borta från fönstret. Hon är ganska iögonfallande, är hon inte?"

Han suckade djupt och uppskattade hennes ärlighet. "Betyder detta att det finns en hantverkare som nu saknar en arbetare?"

"Inte precis, min herre", sa hon och bet sig i underläppen på ett sätt som fick något att spännas i hans mage. I den här takten skulle han behöva ta ett kallt dopp i bäcken för att kyla sitt blod. Hetta inom honom borde vara ilska, men allt var lust.

"Fortsätt", uppmanade han, samtidigt som han manade sin kropps lustar att lugna sig, *genast*.

"Sotarpojkarna är utan mästare. Mr Black dog för inte så länge sedan, och barnen hade ingenstans att vända sig. Skorstenen i köket här var i desperat behov av rengöring, liksom andra som behöver ses över innan vintern sätter in på allvar."

Hennes runda ögon och oskyldiga uttryck förgjorde honom. Frustrationen gnagde. "Finns det fler?"

Hon nickade. "De bidrar till godsets underhåll. Sotarpojkar är mycket efterfrågade vid den här tiden på året."

"Och flickor också, verkar det som", sa han, mest för sig själv. Sedan skakade han på huvudet. Innan nu hade han aldrig ägnat mycket tanke åt skorstenar och deras underhåll. Det var ännu en sak som någon annan brukade organisera. Han antog att han borde ha gjort det, men det hade inte slagit honom.

Han behövde lära sig så mycket mer om att driva ett gods.

Det första var att ta reda på hur många människor som bodde i det!

"Jag behöver veta hur många fler barn det finns i huset. Det är därför jag behöver er hjälp. Jag misstänker att de gömmer sig i pigornas rum, eftersom det är en plats jag inte skulle närma mig på egen hand."

Hon lutade på huvudet som om hon inte förstod. Vilket änglalikt uttryck!

Han förklarade vidare: "Det skulle vara opassande för mig att vara i närheten av pigornas rum. Och … jag måste vara ärlig på denna punkt … jag vet inte heller exakt var pigornas rum ligger."

Han unnade sig själv lite överseende i denna fråga. Även om han hade varit den förstfödde och hade bott på detta gods hela sitt liv, skulle det finnas områden han aldrig skulle känna till. Aldrig förväntas känna till. Men att ha så många extra själar under taket … det var han verkligen tvungen att veta om.

"Då är det bäst att vi skyndar oss", sa hon. "Pigorna kommer snart att ha ätit färdigt sin middag och återvänder till sina rum för att vila, eftersom de är de första som stiger upp på morgnarna."

Rädsla rev i hans nerver. "Ingen kommer väl att se oss?" Personalen pratade och hittade på historier om minsta lilla sak.

"Frukta inte, vi ska vidta alla försiktighetsåtgärder", sa hon.

Han kunde ha svurit på att hon log på hans bekostnad.

Rose försökte lugna sin andning så gott hon kunde. Kära nån, hon hade varit så fräck i sina svar till sin arbetsgivare! Hon borde inte vara så snabb i munnen med honom. Det var så en flicka fick ett rykte.

Barnen var små demoner, men inget hon inte kunde hantera. Duke Street Orphanage hade gett henne gott om träning för sådana livliga barn. Hon hade snabbt hittat ett sätt att nå dem. Enligt hennes erfarenhet ville människor ha trygghet och säkerhet hur de än kunde få det. Om barnen uppförde sig och spelade sin roll kunde de få så mycket trygghet och säkerhet som de kunde drömma om. Om de bråkade och jagade henne från godset kanske nästa guvernant inte skulle vara lika snäll.

"Om vi inte vill bli sedda av någon föreslår jag att vi tar huvudtrappan istället för kökstrappan."

På så sätt skulle baron Gregory inte se de andra barnen rusa uppför kökstrappan på väg för att varna de andra, som gjorde sitt bästa för att hålla sig utom synhåll. Hon tillade: "Pigorna bor på översta våningen, min herre. Det är en ganska lång klättring."

"Hur gammal tror ni att jag är?" Han såg upprörd ut.

Bra. De kunde stanna ett tag och argumentera, vilket skulle fördröja deras resa ännu mer. "Jag är fruktansvärt ledsen, jag menade inte att ifrågasätta er hälsa. Jag ville bara förbereda er på ansträngningen."

Han fnös indignerat, men det verkade vänskapligt snarare än skrämmande. "Visa vägen", sa han.

Det var en bra bit upp till toppen. De andades båda lite tyngre när de nådde den första avsatsen. Rose kvävde ett fniss. "Kanske behöver jag gå i fler trappor för min egen hälsas skull."

Det var förstås ett skådespel. Att stanna för att andas och prata lite skulle ge barnen en varning om att de var på väg.

Barnen kunde smita undan så länge de var tysta. Eller åtminstone tystare än vad Rose och lord Gregory var.

"Förhalar ni tiden, miss Bonklesford?"

Ah. Han var henne på spåren. Hon kunde lika gärna erkänna nu. Om hon hade tur skulle han skälla ut henne, och de återstående barnen skulle få gott om tid på sig att fly. "Ja, det gör jag." Hon rörde sig inte ur fläcken.

Hans röst var låg och stadig. "Varför?"

Vågade hon berätta för honom att det fanns så många fler barn här uppe än han anade? "Därför att jag …" Bevare mig väl, hon var tvungen att komma på något. "Jag … finner er så väldigt attraktiv."

Att vädja till hans ego skulle väl göra susen?

Han öppnade munnen för att säga något men verkade sakna ord.

Det här kanske faktiskt fungerar, tänkte Rose. "Vänligen avfärda mig inte bara sådär. Jag vet min plats, och den är i klassrummet, och jag är av så låg börd. Vänligen kasta inte ut mig bara för att jag tycker ni är stilig. Det är bara ett konstaterande av fakta att—"

Han lutade sig fram och kysste henne.

Kysste henne!

Han var kanske hopplös på att räkna barn, men han visste sannerligen hur man kysstes!

Hennes puls skenade och hennes blod hettade. Hennes förklaring må ha gjorts i stundens ingivelse, men i sanning var hon mycket attraherad av baronen. På nätterna hade hon fantiserat om att kyssa honom, och nu gjorde de det.

Han kysstes magnifikt. Hennes värld krympte till deras sammanpressade läppar. Det enda ljudet var deras andning, medan hennes hjärta trummade mot revbenen. Tveksamt sträckte hon sig efter slaget på hans ridrock och drog honom mot sig. Hans händer omslöt hennes midja och bakhuvud och höll henne ömt. Hennes läppar skildes åt samtidigt som hans. Instinkt och åtrå tog över. Hennes hjärtas trummande fick snart sällskap av en lockande puls längre ner. Det skulle vara så lätt att ge efter för intensiteten.

Hon drog in ett andetag och ryggade tillbaka, vilket avslutade intimiteten innan den hade en chans att gå längre.

Han talade först. "Jag borde inte ha gjort det."

Hon hade inga ord alls som kunde matcha hans. Han hade rätt. Han borde inte ha gjort det, men då borde hon ha dragit sig undan eller åtminstone inte låtit sig njuta så mycket. Så väldigt, *väldigt* mycket.

Hans hand rörde inte längre vid hennes ansikte, men den andra var fortfarande runt hennes midja. Hon borde flytta sig ur hans grepp, men hennes kropp ville inte göra det förnuftiga.

Åtminstone hade ingen sett dem, och åtminstone skulle barnen nu ha fått gott om varningar.

Med bultande hjärta, delvis från den känslomässiga anstormningen och även lite från rädslan att de extra barn som anlänt de senaste dagarna snart skulle upptäckas, vände hon sig tyst om och tog nästa trappavsats.

Han kysste henne inte på nästa avsats, vilket var en lättnad.

Ja, definitivt en lättnad. Inte en besvikelse, medan hon mentalt återupplevde det ögonblicket från några minuter sedan. Hon skulle inte få en blund i natt, eftersom hennes sinne skulle spela upp det ögonblicket om och om igen.

"Pigornas rum är den här vägen", sa hon och antydde att han skulle gå före henne. På denna våning släppte de små takkuporna in mycket mindre ljus. Bra. Han skulle inte se hur häftigt hon rodnade.

Korridoren i sig var också mörkare, och taket mycket lägre. Vid den första dörren knackade han och väntade på svar. Inget kom. Han nickade mot Rose att hon skulle gå in.

Fortfarande känslomässigt ostadig från deras möte, ropade

hon med en tunn röst på pigan som bodde här uppe, miss Posey. Inget svar från henne, så Rose förkunnade: "Jag kommer in", och vred sakta om dörrhandtaget.

Hon gick igenom. Baronen duckade under dörrposten och följde efter henne in. Rummet var möblerat med två små sängar och hade inte mycket plats för något annat.

"Kontrollera under sängarna", instruerade han.

Hans röst var sträng och kontrollerad nu. En aning av panik smög sig igenom Rose vid tanken på att hon skulle hamna i så mycket trubbel för att ha kysst honom. Visst, han hade börjat, men hon hade gett honom en sådan inbjudan att det var motiverat.

Hon visste hur sådant fungerade. Det var aldrig mannens fel.

När hon tittade under den första sängen såg hon damm, ett par resväskor och ett par slitna tofflor. Under nästa hittade hon en låda med en kudde i och en hårt hopvikt filt. När hon flyttade filten låg ett litet barn pressat mot väggen. Hans ögon var vidöppna av skräck. Rose skakade på huvudet och drog sig tillbaka. När hon skulle räta på sig sa hon: "Inget här under heller. Ska vi söka i nästa rum?"

"Absolut", accepterade baronen.

När de klev tillbaka ut i korridoren sa han: "Varför använde vi inte förbindelsedörrarna för att söka i nästa rum?"

*Tänk snabbt!* "Öh … jag tänkte inte på det." Bevare mig väl om det var det bästa hon kunde hitta på under press. Hon gav sedan efter för en hostattack. Det hade funnits damm under sängarna, men det var mer hennes upprörda tillstånd som hade henne i sitt grepp än något i luften.

Rörd av hennes upprörda tillstånd drog Robert fram en näsduk ur fickan och erbjöd den. Hennes ögon blev stora vid gesten. Hennes hosta upphörde abrupt vid den punkten, men hon sträckte ändå ut en späd hand för att ta emot näsduken. Sedan baddade hon sina ögon istället. Om han förstod något av outtalat språk, kunde han ha trott att hon medvetet skapade en barriär mellan dem, blundade och inte ville se på honom. Var han så motbjudande? Kanske hittade han på anledningar att inte lita på miss Bonklesford så att han kunde dra sig tillbaka och ignorera den växande attraktionen mellan dem?

I hennes upprördhet hade en mörk hårslinga lossnat. Hans handflata spändes av behovet att stoppa den bakom hennes öra. Vilken ursäkt som helst för att få röra vid henne igen.

Han var tvungen att vara den starkare här; han var tvungen att motstå de drifter i sitt blod som hade plågat hans bror så.

Vid det här laget hade miss Bonklesford baddat färdigt sitt ansikte. Hon stoppade undan den lösa hårslingan själv.

Vad vänligt av henne att avlägsna en sådan frestelse.

Hon räckte tillbaka näsduken till honom. När hon gjorde det pressades hennes fingrar in i hans handflata, och han var tvungen att kväva ett stön. Käre Gud, han var verkligen skuren av samma tyg som sin bror!

Det blev plötsligt kvavt i korridoren.

"Nästa rum?" frågade han. "Genom vilken dörr ni än anser lämplig."

Hon nickade och gick några steg längre ner till nästa av pigornas rum.

De fortsatte på detta sätt. I varje rum kontrollerade hon under sängarna medan han tappert försökte, och misslyckades, att inte stirra på hennes kurviga bakdel när tyget i hennes klänning sträcktes.

Något annat sträcktes bakom hans eget tyg. Han grep tag i

kanten på den öppna dörren för att hålla sig upprätt när hans blod strömmade söderut.

Vid sådana här tillfällen undrade han om det kunde ha varit en bra idé att få sina parningsdrifter ur vägen för flera år sedan. Charles hade erbjudit sig att ta med honom till ett etablissemang och få det överstökat. Skulle det ha hjälpt eller förvärrat saken? Allt han visste var att synen av sängarna alldeles intill dem sände lustpilar genom hans ådror. Han var tvungen att komma ut härifrån innan han gjorde något han absolut inte borde.

Han hittade på: "Miss Bonklesford, jag lade just märke till tiden."

"Min herre?" frågade hon och blinkade när solen fyllde rummet med gula strålar. Sättet ljuset sken över hennes drag gav hennes anlete en eterisk prägel. Han var förlorad.

"Den där kyssen", bekände han medan en hetta steg upp från bröstet och ut i ansiktet. Bra, det måste betyda att inte allt hans blod hade farit söderut. "Jag njöt ganska mycket av den."

Hon rodnade också och sänkte blicken mot golvet, innan ett tyst "Det gjorde jag med" undslapp henne.

"Är det möjligt att vi skulle kunna upprepa upplevelsen?"

Hon lyfte huvudet och såg rakt på honom, med ett mjukt uttryck. "Ni är en ovanlig man som frågar först. Jag tackar er för det."

Hon tog ett steg närmare, och han tog tillfället i akt att slå armarna om henne.

# KAPITEL 3

Solstrålen på hennes hjässa och nacke värmde Rose nästan lika mycket som kyssen. En hetta blommade upp i hennes bröst och spred sig nedåt. Ännu en kyss, så tätt inpå den förra. Den sände vågor av vällust genom Rose. Den här kyssen var ingen undanflykt eller distraktion för att barnen skulle kunna fly. Barnen var redan långt borta. Den här kyssen var ett naturligt behov som de båda delade. Ett uttryck och ett utflöde av ömhet.

Hans varma, fasta läppar lekte med hennes, retades med hennes underläpp, för att sedan ändra läge och flytta till den övre. Andetagen blev oregelbundna. Hettan samlades i hennes mage när han återigen började nafsa på hennes underläpp, lekfullt och besittande. När han varsamt drog med tungan över den hade hon kunnat smälta på fläcken.

De lekte med elden, och hon brydde sig inte.

Han drog henne närmare, och hon kände beviset på hans åtrå pressas mot sin mage. Någonstans i känslodimman hörde hon en liten klocka som varnade henne för vad som skulle komma. Inte bara den magnifika njutningen av själva akten, utan även hjärtesorgen som garanterat skulle följa.

Om hon bara kunde få det ena utan det andra.

Fanns det något sätt att få ta del av glädjen utan smärtan som oundvikligen följde? Hon kunde lika gärna be natten att inte följa dagen.

Några ögonblick till, sedan skulle hon sluta, ljög hon för sig själv. Ett lågt stön undslapp henne när han lät varma kyssar vandra nerför hennes hals och ... åh, hans läppar nådde bröstens överkant, och hennes rygg kröktes instinktivt.

Behovet pulserade i hennes mage, och hon flämtade till.

"Vad gör jag?" sa hennes blivande älskare medan han fortsatte att kyssa den känsliga huden.

Roses knän vek sig.

Baron Gregory skakade på huvudet och drog sig tillbaka, hans läppar svullna och blossande efter deras möte, hans blick fjärran och dimmig. Hon måste ha sett lika upphetsad ut.

"Det här är fel", meddelade han.

Rose försökte samla sig, men förståndet hade övergivit henne. Det hade känts så oerhört rätt bara för några ögonblick sedan.

Han tog ett steg bakåt men sa fortfarande ingenting. Utbuktningen i hans byxor fick Rose att bita sig i läppen.

"Förlåt mitt snedsteg; det finns ingen anledning för oss att stanna kvar här. Jag har andra plikter." I och med det tog han ännu ett steg bort från henne, men hans blick var fortfarande fäst vid hennes, som om han kämpade med sig själv om han verkligen borde gå.

Rose harklade sig. "Jag ska återgå till barnens lektioner", sa hon, men inte heller hon rörde sig ur fläcken. Det var som om hennes skor var fastspikade i golvet.

Han blockerade dörröppningen. Hon skulle bli tvungen att pressa sig mot honom för att komma ut om han inte klev åt sidan. Slutligen kom hennes förnuft ihåg var de var. "Hembiträdena kommer snart att återvända till sina rum", föreslog hon.

Det var som en kalldusch för honom. Baronen skakade på huvudet och verkade vakna ur en trans. "Ni har rätt."

Med det avlägsnade han sig från rummet och hennes synfält. Hon väntade tills hans fotsteg nådde trappavsatsen och försvann nerför trappan innan hon kollapsade på närmaste säng och grymtade av frustration.

Han hade inte insett att de hade kyssts i Roses rum. Det skulle inte komma tillbaka något hembiträde till det här rummet, eftersom den boende redan var här.

Efter att ha tittat under sängarna en gång till för att försäkra sig om att det verkligen inte fanns någon annan i närheten, sköt hon sin säng och en stol mot huvuddörren och sedan den anslutande, och fortsatte med att ordna till sig.

Baronen hade tänt en eld i henne som behövde stillas.

Liggande på sängen lyfte hon på kjolarna och hennes fingrar fann hennes våta mitt. Om hon hade vetat att hon hade gott om tid skulle hon njuta av att tillfredsställa sig själv. Ack, detta måste bli en snabb förbränning så att hon kunde bli av med denna värkande eld och återgå till sina plikter som om ingenting hade hänt. Hon föreställde sig att det var hans hand som lekte över hennes hud, och hon förde snabbt fingertopparna in och ut mellan sina blygdläppar, smorde in dagg över sin klitoris och dök in igen. Hon befriade ett bröst från klänningen och klämde på det, gladde sig åt hur fast det blev när hettan steg i hennes kropp. Hon föreställde sig baron Gregory utföra akten på henne. Skänka henne njutning. Ta hennes bröst i sin mun och svepa med tungan över hennes hårdnade bröstvårta. Älska henne tills hon exploderade.

Till Roses fortsatta frustration vägrade den förlösning hon sökte att komma. Det enda hon brukade kunna lita på för att ta sig igenom natten förblev utom räckhåll.

Hennes arm värkte, och hon grymtade sitt missnöje.

Med en djup suck rullade hon ur sängen och rätade på sig. "Även detta kommer att gå över", muttrade hon för sig själv.

Medan hon tvättade händerna tittade hon ut genom fönstret och såg de sista av barnen smita mellan ladan och mjölkningsskjulet. Leonoras eldröda hår stack verkligen ut bland de dämpade bruna och svarta nyanserna hos de andra.

För nu behövde barnen i skolsalen återuppta sina lektioner.

Vad hade flugit i honom? Att ge efter för sina mest primitiva drifter och utnyttja en kvinna som arbetade under honom.

*Ett fruktansvärt ordval, Gregory.*

, skällde han på sig själv. I samma stund som han hade tänkt "under honom" fick han en vision av hur himmelsk fröken Bonklesford skulle vara under honom när han utforskade hennes kropp.

"Du håller inte på att bli som din bror", skällde han högt på sig själv, som om han mirakulöst kunde frammana en förnuftets röst vid just detta tillfälle. Han lurade bara sig själv.

Det bästa sättet att gå vidare var att återgå till arbetet. Men vilket arbete var det han skulle utföra?

Just det, personalen hade gjort i ordning hans häst för inte så länge sedan, men han hade lämnat dem för att spana efter främlingen genom fönstret.

Varför skulle han ha ridit ut? Huvudet var fullt av bomull när han försökte minnas den ursprungliga anledningen till att han skulle ge sig av. Han tyckte om att rida – det var en anledning – men det fanns ... Ah, just det. Han skulle kontrollera egendomens gränser. Bra, han skulle gå tillbaka till stallet och återuppta den uppgiften. Att få minst en uppgift gjord per dag hjälpte honom att hålla balansen.

I stallet sadlade stallpojkarna snabbt om hans häst så att han kunde ge sig iväg. Han borde inte vara så misstänksam, men han kunde ha svurit på att det fanns fler stallknektar än tidigare. Han skakade på huvudet. Det var bara frustrationen som sådde så många tvivel.

Vilken inre kamp han än gick igenom behövde han utstråla ett yttre lugn. Det skulle visa personalen här att det var han som bestämde, och att allt skulle fortsätta som vanligt.

När han var utom synhåll för sin personal sjönk han ihop i sadeln och uttryckte sina bekymmer för Dalrymple, världens bästa lyssnare. "Jag kan inte kapitulera för mina djuriska drifter, ta inte illa upp", sa han till hästen. "Jag är inte min bror."

En bror som alltid hade funnits där för honom när deras föräldrar inte hade gjort det. Ändå var han också en bror som hade varit ett så fruktansvärt exempel på vad det innebar att vara en baron.

# KAPITEL 4

Några dagar senare såg Rose baronen långsamt rida iväg på en av sina vanliga morgonritter. När han väl var utom synhåll samlade hon ihop flera av barnen och tog dem med sig till ladugården tillsammans med Mary, en av mjölkerskorna.

"Har någon av er mjölkat en ko förut?", frågade Mary barnen.

Inget av dem gav tecken på att de hade det.

Mary såg på Rose och sa: "Då har jag en rejäl uppgift framför mig." Hon såg tillbaka på barnen och sa: "Men frukta inte, jag ska göra mjölkerskor av er allihop."

En av pojkarna sa ifrån. "Jag är ingen piga!"

De andra fnissade.

Rose sa: "Korna bryr sig inte om du är en pojke eller en flicka, bara att du är varsam."

"Sant nog", sa Mary. "Ja, unge man, kom och sätt dig bredvid mig så ska jag visa dig hur man gör. Mrs. Butterworth är vår bästa och mest tålmodiga ko."

Under den närmaste stunden visade Mary och Mrs. Butterworth barnen vänlighet och tålamod. Rose lämnade dem åt sina uppgifter och såg till en annan grupp barn i stallet.

Hon höll ett öga på uppfartsvägen och spanade efter Gregorys återkomst. Skuldkänslor stack i hennes samvete över vad han skulle kunna göra om han upptäckte det sanna antalet barn som bodde under baronens tak. Så länge varje barn här hade någon slags uppgift kunde de bidra till det löpande underhållet och godsets framgång. Nyckeln var att aldrig låta dem alla samlas på ett och samma ställe och att hålla sig väl med personalen så att de inte misstänkte att de kunde förlora sina anställningar.

Det var nyckeln till att få personalen på sin sida; ingens betalda anställning var i fara. Om folk trodde att de kunde förlora sina jobb skulle hon och barnen jagas bort från godset, och förmodligen från byn också för säkerhets skull.

Hennes plan var att låta barnen rotera mellan olika sysslor, så att de skulle lära sig att mjölka kor och mocka stall, samt lära sig grunderna i klassrummet. Några av de mindre skulle behöva klättra upp i skorstenarna för att rensa dem. Stackars små liv.

Sjutton också. Hon sneglade ner längs uppfartsvägen och såg baronen närma sig på sin häst. Hon var tvungen att genskjuta honom, för om hon kunde nå honom först kunde hon distrahera honom från åsynen av så många barn.

Skulle hon kyssa honom igen? Det var hennes föredragna avledningsmanöver. Detta handlade om att rädda barnen och hade ingenting att göra med hur attraktiv han var. Åh, herregud nej.

"Välkommen hem, min herre. Jag hoppas ni hade en angenäm ritt."

Han blinkade till svar när hans häst närmade sig. "Jag uppskattar välkomnandet, men borde ni inte vara i klassrummet? Med barnen?"

"Jo." Hon neg snabbt. "Vi har flyttat klassrummet till ladugården. Mary och Mrs. Butterworth håller i en demonstration."

Hans panna veckades och han steg av. En stalldräng joggade fram och tog emot hästen, tillsammans med hans handskar.

Synen av hans släta, bara händer sände vågor av oväntat begär genom Rose.

*Skärp dig, flicka, sluta larva dig och koncentrera dig!* "Lektioner kan ta sig många uttryck, min herre, och eftersom det är en så vacker dag tog vi chansen att lära oss något nytt."

Det var en kall dag, men solen var framme.

"Vädret slår säkert snart om, tveklöst. Då kommer vi att sitta fast inomhus oftare än inte."

Han gav henne en förbryllad blick. "Jag var inte medveten om att vi hade en Mrs. Butterworth i personalen."

"Åh!" Hon höll handen för munnen och fnissade. "Det är kons namn!"

Han skakade på huvudet och log, vilket fick hennes hjärta att stanna. Hur gjorde han så? Hon hade från början låtsats vara djupt attraherad av honom, vilket krävde mycket liten ansträngning från hennes sida. Målet var att hålla hans uppmärksamhet borta från barnen. Men på senare tid hade hon hittat på fler anledningar att ställa sig i hans väg.

Han sa: "Det verkar som om jag har mycket att lära mig om att driva ett gods själv. Kanske jag borde delta i lektionen?"

Åh, nej, då skulle hon aldrig kunna koncentrera sig! "Självklart", neg hon igen och undrade om han bara gjorde detta för att se vilka barn som var där och om han skulle känna igen dem. Om han tittade in i ladugården skulle barnens huvuden vara nerböjda, under en ko. "Jag ska presentera er för flocken. Där finns en Mrs. Cheddar, en Mrs. Cream och en Mrs. Kick. Mrs. Kick lämnas bäst åt de erfarna mjölkerskorna, då hon verkligen har gjort skäl för sitt namn."

Herregud, vad munnen gick på henne.

Han log mot henne igen och hennes knän ville inte bära henne.

Han gestikulerade med handen i riktning mot ladugården, och hon tolkade det som hans begäran om att hon skulle visa vägen.

Efter några steg stannade hon avsiktligt och hostade, i hopp om att han av misstag skulle gå in i ryggen på henne. Så hon längtade efter att känna hans kropp mot sin!

Ingen sådan tur. Han stannade bredvid henne med en bekymrad blick. "Jag hoppas ni inte är sjuk."

"Bara lite damm, det är allt."

Väl inne i ladugården fanns det inte mycket plats. Han stod så nära att värmen strålade från honom. Hans myskdoft följde strax efter; han måste ha svettats under sin ritt.

"Jag måste erkänna", sa hon, även om hon inte planerade att göra en fullständig bekännelse, "att jag trodde ni skulle vara borta längre på er ritt och att barnen skulle vara tillbaka i klassrummet när ni återvände. Jag ska ta dem tillbaka så fort deras mjölkningslektion är över."

"Faktiskt inte", sa han, utan ytterligare förklaring.

Mjölkerskorna och barnen lyssnade, att döma av pausen i deras rytmiska arbete.

"Min herre?"

"Jag godkänner mjölkningslektionerna för barnen. De kan inte stanna här för evigt; några av dem kommer att behöva finna anställning."

Borde hon tacka honom för att han visade förnuft? Han visste att det fanns fler barn här än tidigare, men han kunde omöjligen veta hur många de egentligen var. Ärligt talat hade hon själv svårt att hålla räkningen.

Rose tillrättavisade sig själv i tysthet. Gregory var ingen dumbom. Han måste lägga märke till mycket mer än han lät påskina.

"Tack, min herre."

Han gav henne ett mycket generöst leende som fick henne att glömma sitt eget namn. Sedan kom nästa dråpslag. "Ni kommer inte att undervisa barnen i eftermiddag."

Tänkte han avskeda henne? Hon hade överdrivit sina "distraktioner" och nu ville han bli av med henne. För att göra saken värre hade tystnaden lagt sig då mjölkningen upphört helt. Ett par av pigorna hostade till av förvåning.

Det fanns inte tillräckligt med luft här inne.

En hetta brände bakom hennes ögon. När som helst skulle hon brista i gråt. Hon mumlade: "Jag ska packa mina saker." Vad skulle de säga på Duke Street när hon kom tillbaka?

"Ni vet inte vart vi ska än."

Hade han sagt "vi"? Hon gapade förvirrat.

Han fortsatte: "Är en tur in till staden med mig en sådan prövning?"

Nu var han inte klok. "Jag trodde ni tänkte avskeda mig?"

"Herregud, vad fick er att tro d— åh! Ja. Jag avslutade inte min tankegång. Ja, nu förstår jag vad som har hänt. Ni kommer inte att undervisa barnen i morgon eftersom jag behöver att ni följer med mig in till staden för att besöka herr Weavers manufaktur."

Rose svalde för att bli av med den plötsliga torrheten i halsen. Han föreslog att de skulle resa tillsammans. "Har ni inte en syssloman som kan göra det åt er?"

Ett nervöst leende syntes i hans ansikte. "Det visar sig att det har jag. Men för detta ändamål, en kvinna som ... Låt mig formulera om det där; det blev inte heller rätt. Det är tydligt att barnen litar på er, och ni är bra för dem. Det är de färdigheterna jag behöver."

Rose kunde bara blinka av förundran.

Han fortsatte: "Sedan ni anlände har barnen varit samarbetsvilliga, produktiva och anmärkningsvärt tysta. Hur många de nu än må vara."

Åh, nej. Hans ord rev bort förespeglingen att han inte hade lagt märke till de extra barnen. Han kanske inte visste exakt hur många extra barn som bodde under hans tak, men han visste att det var flera fler än tidigare.

Att ha denna diskussion i närheten av så många öronpar skulle ge personalen gott om stoff för skvaller. Om hon inte redan hade anlänt med ett rykte, som hittebarn som hon ofta gjorde, så hade hon definitivt ett nu.

"Min herre", sa hon och neg. Det spelade ingen roll om han låg med henne i vagnen i morgon eller inte; hennes rykte var kört i botten. Hon skulle resa ensam med baron Gregory, och resten av mjölkerskorna visste det.

Hade det varit hans plan hela tiden? Att lägga an på henne inför vittnen?

Tidigt på eftermiddagen var vagnen klar. John Kusk satt redo på kuskbocken. Han skulle vara för upptagen med att titta på vägen framför sig för att kunna erbjuda Rose något skydd som förkläde. Utan tvekan skulle det vid skymningen gå rykten om att hon hade legat med dem båda, troligtvis. Hon skulle bli ivägskickad med svansen mellan benen. Om ers nåd skickade iväg henne, vem skulle då ta hand om barnen?

En glimt av rött hår som ilade mellan två av de yttre stugorna gav henne inspiration. "Ett ögonblick, min herre", sa hon och skyndade iväg.

Lätt andfådd återvände hon med flickan i släptåg.

"Vem är detta?", frågade Gregory när de skulle stiga på.

"Min syster, Leonora", ljög Rose. "Hon hjälper till med

barnen för att själv en dag lära sig att bli guvernant. Utan kostnad för ers nåd. Om det behagar er."

Rose föste in sin "syster" i vagnen, medveten om att de var iakttagna. Ett ungt förkläde var bättre än inget alls.

"Det gläder mig att ni skickade efter hjälp", sa baronen. "Jag har också skrivit efter en betrodd ung man, eftersom jag själv är i behov av en sekreterare. Ni borde ha sagt till mig att ni skickade efter förstärkning; vi kunde ha samordnat vår korrespondens."

Medan godset blev allt mindre i fjärran satt Rose i vagnen och pillade med sin sjal. Att vara i så nära anslutning till honom var den ljuvligaste plåga.

Hon hade åtminstone hämtat Leonora för att skydda sig mot det värsta skvallret. Men genom att göra det hade hon sagt att flickan var hennes syster. Varje syster till Rose skulle vara ett annat hittebarn. Ännu ett barn fläckat av synd enbart för att det fötts.

"Den, äh, manufakturen", sa Rose nervöst, desperat efter något att prata om. Deras knän var farligt nära att vidröra varandra.

"På vilken sida av Drunlingham ligger den?" Ju närmare den var, desto snabbare kunde hon komma ut ur vagnen och fylla huvudet med kall luft.

Vilket hon verkligen behövde i hans närvaro.

"Den ligger på andra sidan staden. Om ni behöver något från butikerna kan fru Soames säkert ordna med leverans."

Vagnen blev kvavare för varje sekund.

"Jag har inte haft en chans att besöka den, det är allt", hittade hon på.

Vad hade föreståndarinnorna sagt på Duke Street? *"Det*

*kommer aldrig att vara mannens fel, inte ens när det är det. Särskilt inte när han är en stöttepelare i samhället. Se till att du aldrig hamnar i en situation där du kan få skulden för något."*

Tämligen omöjligt när hon satt i en barons vagn med bara ett annat ungt hittebarn som förkläde. Skulle stadsborna känna igen baronens vagn? Skulle de undra över den unga kvinnan som åkte med honom?

Leonora klättrade över Rose och tryckte sitt lilla ansikte mot fönstret för att se vad baronen pekade på.

Lättnaden mjukade upp henne vid avbrottet. Leonoras hår blockerade hennes sikt av baronen, och hans av henne, och av världen utanför. Vem som helst på gatan som tittade åt deras håll skulle se en flicka med röda lockar, och inte hennes mörka hår!

Baron Gregory lutade sig diagonalt i sitt säte och hittade en lucka i Leonoras hår för att titta på Rose. "Funderar ni på något?", frågade han.

Leonora satte sig tillbaka. "Vad är muntert?"

Han sa: "Jag frågade om fröken Bonklesford *funderade* på något."

"Ni får ursäkta Leonora", erbjöd Rose. "Hennes hörsel har inte varit densamma sedan hon blev sjuk förra vintern."

På sin första dag hade hon träffat ett barn som inte längre talade efter en sjukdom. Leonora, stackaren, hade skadade öron. De stackars små liven föddes redan utan fördelar och fick sedan utstå så många fler slag när de växte upp.

Baron Gregory vinkade till någon på gatan utanför och frågade sedan Rose helt alldagligt: "Arbetade Leonora för Weaver?"

Hetta spred sig över Roses hals. Detta var baronens sätt att avslöja Roses lögn. Det var uppenbart för alla med ett par fungerande ögon att de hade så olika färg och ansikten att de omöjligen kunde vara släkt. Hur lyckades han låta så trevlig samtidigt som han anklagade henne för bedrägeri?

Med en suck insåg Rose att hon borde berätta sanningen för sin arbetsgivare. "Jag tror inte det." Sedan tittade hon på Leonora och gav henne ett sorgset leende. "Stackars liten, du är fortfarande så liten, men ändå för stor för att klättra i skorstenar." Sedan förberedde hon sig på baronens tillrättavisning och vände sig mot honom. "Många av barnen hade flera arbeten, så hon kan vara känd för Weaver."

Hon förberedde sig på hans ogillande, men det uteblev.

Istället såg han tankfull ut. "I så fall borde hon hålla sig utom synhåll för honom. Jag har hört rykten om att Weaver har förlorat ganska många barn på sistone. Jag måste ta reda på vad ordet 'förlorat' verkligen betyder. Det kan vara så att de har rymt. Det skulle inte förvåna mig om många av dem har hittat vägen genom *ert* mjuka hjärta. Men om de har mött ett olyckligt slut är det en helt annan sak."

Han gav henne ett leende som fick hennes hjärta att fladdra.

Rose svalde en stor klump som hade fastnat i halsen. Åh i hela friden, det var kört för henne. Han var så snäll.

"Tack", lyckades hon få fram, i hopp om att hakan inte skulle darra av rörelse.

När han först ville söka igenom hembiträdenas rum hade Rose glatt kastat sig över baronen för att distrahera honom från att upptäcka de extra barnen på vinden. Hon hade fattat ett impulsivt beslut. Genom att göra det hade hon i hans ögon bekräftat att hon var en kvinna av lättfärdig dygd.

Problemet var att hon hade njutit så mycket av deras kyssar att hon hade distraherat *sig själv* från uppgiften att bevara sin dygd. Det kanske hade börjat som ett skådespel, men avståndet mellan hennes agerande och hennes känslor minskade. Snabbt.

"Får jag tala fritt, herrn?" frågade Rose.

"Varsågod och gör det", svarade han. Hans leende var så

öppet och inbjudande, som om hon verkligen kunde säga vad hon tyckte.

Var det en fälla?

"Världen kan vara en grym plats för barn som fötts av fel föräldrar."

Hans leende försvann. "Det har jag hört."

Rädslan virvlade i hennes mage. Hennes nästa ord måste väljas med största försiktighet. "När jag först anlände nämnde ni att det fanns extra barn."

Han nickade. "Det gjorde jag."

Djupt andetag. "Jag gjorde diskreta förfrågningar i saken, och några av barnen hade ingen arbetsgivare alls, för att inte tala om en arbetsgivare som saknade dem. De står inför en dyster jul och vinter."

Han tog ett ögonblick på sig att smälta detta och sa sedan: "Ni tog på er att ta in dem och förvandlade mitt familjegods till ett barnhem. Jag antar att det är vad ni är van vid."

"De gör sig nyttiga, herrn, tills de kan hitta en mer permanent ordning", skyndade hon sig att tillägga. "Och om ni tänker efter, om de rymde från en arbetsgivare, kan han inte ha varit särskilt bra."

Han nickade och snörpte fundersamt på munnen. "Hur lång tid kommer det att ta?"

Hon skakade förvirrat på huvudet. "Hur lång tid kommer vad att ta, ers Nåd?" Ville han göra sig av med barnen under sitt tak? Det fanns tre gånger så många barn på godset nu som när hon först anlände. Ryktet hade spridit sig i trakten att Gregory-godset hade ett tak som inte läckte och en herre som inte slog dem. Hon hade lyckats hålla honom distraherad från att ägna dem för mycket uppmärksamhet. Det skulle finnas en gräns för hur ofta hon kunde distrahera honom genom att kasta sig i hans armar.

"Varje barn bidrar till godsets underhåll i utbyte mot

husrum. Ni har högst troligt också märkt en förbättring i ert syskonbarns och er brorsdotters uppförande." Ja, för tillbaka det till hans släktingar, som hade alla ursäkter i världen att vara oregerliga. De hade förlorat sin mor tidigt, och nu sin far. "Uppför de sig inte bättre än tidigare? Är det inte lugnare i hushållet än förut?"

Han måste ha lagt märke till förbättringarna. De hade alla arbetat så hårt för att få dem till stånd.

Han såg henne rakt i ögonen och naglade effektivt fast henne vid sätet. "Svara mig ärligt. Hur. Många. Barn?"

När som helst skulle han kasta ut henne genom vagnsdörren utan att ens sakta farten. Hennes puls slog dubbelt så fort när hon svarade: "Det bor tjugotre barn på godset, herrn, era egna två släktingar oräknade."

Rose förberedde sig för hans rasande svar.

Istället skakade han på huvudet och visslade till. Sedan knackade han på skjutluckan till kusken och öppnade den. Vagnen saktade in.

"Kusk, ni har vunnit vadet. Fröken Bonklesford säger att det är tjugotre."

Den kalla vintervinden blåste in och John Coachman småskrattade. "Tackar, herrn, jag är mycket tacksam."

Gregory frågade: "Hur långt har vi till Weavers?"

"Precis efter nästa vägkorsning", svarade han och manade på hästarna igen.

Vagnen rullade framåt. Gregory stängde skjutluckan.

Tankarna snurrade i Roses huvud. Varför kastade han inte ut henne, eller åtminstone höll en föreläsning om oärlighet?

Med munnen torr av förväntan drabbades hon av en hostattack. Leonora, som i övrigt hade ignorerat dem båda, klättrade nu upp på knä på dynorna och daskade Rose hårt i ryggen. Det gjorde ingenting för att lätta på skulden som höll på att kväva henne.

Baronen sa: "Ni borde göra något åt den där hostan. Den verkar bara dyka upp när ni är nervös."

Han hade genomskådat all hennes taktik. Vanligtvis, när hon hostade, tittade folk bort. Ibland tog de ett steg tillbaka, oroliga för att hon hade en sjukdom.

"Nåväl, fröken Bonklesford", sa han, "jag skulle vilja att ni är fullständigt ärlig mot mig angående barnen. Stjäl ni barn från arbetshusen?"

Hennes kropp sjönk ihop av lättnad. "Nej, herrn, så är inte fallet."

"För om jag upptäcker att Weaver saknar barn, och samma barn bor på mitt gods, ställer det mig i en mycket dålig dager i samhället."

"Även om han är en hemsk arbetsgivare och slår dem? Hur tror ni att så många av dem har skador?"

"Det här hjälper inte. Jag kan inte rädda varje misshandlat gatubarn."

"Stanna vagnen", sa Rose med hjärtat bultande av panik. Hon tog fram ett litet äpple ur sin väska och sa tydligt: "Leonora, mata hästen med det här."

Flickans ögon vidgades av förundran när hon såg frukten, och hon tog ivrigt emot den.

Gregory öppnade skjutluckan och ropade till kusken: "Stanna här, gode man."

När de hade stannat öppnade Rose dörren med ett klick och vinkade åt Leonora att stiga ur. "Ge äpplet till hästen."

Oavsett om barnet hörde hennes instruktioner ordentligt eller inte, lämnade Leonora dem ensamma i vagnen.

I samma ögonblick som dörren stängdes föll Rose på knä framför baronen, med ansiktet i höjd med hans byxor. "Snälla, herrn", hon knäppte händerna framför hakan som en bedjande. "Jag uppmuntrade aldrig aktivt något barn att komma till godset. Men de fortsatte att dyka upp. Jag frågade aldrig någon av dem var de kom ifrån, men jag antog att de var rymlingar. Snälla, hör på mig."

Skulle det hjälpa om hon grät vid det här laget? Värmen steg i ansiktet och hennes syn blev suddig av annalkande tårar. "Jag vet att jag borde ha frågat dem var de kom ifrån, men sanningen är den att om de hade varit lyckliga där de var, skulle de inte ha rymt från första början, eller hur? Så jag tänkte att de hade hört att ert gods var så mycket bättre och vänligare och med mycket mindre bestraffning än mjölnarens eller sotarmästarens eller till och med den här fabriken. De har arbetat på ert gods för att förtjäna sitt uppehälle, de tar inte någon annans anställning, och de bidrar med allt de kan. Om ni måste straffa någon, herrn, så straffa mig istället. Barnen har inte gjort något fel."

Det blev plötsligt så kvavt där inne att Rose kämpade för att andas. Det stack i lederna från att ha knäböjt illa i fotutrymmet. När som helst skulle hon förlora känseln i fötterna.

Med hjärtat bultande mot revbenen såg hon in i hans fängslande ögon. De små svarta cirklarna i mitten blev större. Hennes egna ögon måste göra något liknande, för hon hade svårt att fokusera.

"Fröken Bonk-ford", stammade han. "Vad i all världen ska jag ta mig till med er?"

"Vad ni vill", for det ur henne innan hon insåg det.

Han lyfte upp henne och satte henne i sidled i sitt knä. Försökte han skydda hennes anständighet genom att hålla ihop hennes knän? Något hårt och hett tryckte mot hennes lår. Bevis på att han åtrådde henne intensivt.

Med en lätt lutning på huvudet möttes deras läppar. Passionen tände en låga i hennes mage och hon tryckte sin kropp mot hans. Ett stön undslapp hans läppar. Längtan pulserade dovt inom henne. Han skulle ta henne här i vagnen, och hon välkomnade det.

Att kasta sig över honom må ha börjat som en distraktion, men hon var tvungen att sluta ljuga för sig själv. Hon hade redan gett honom sitt hjärta.

Att kyssa fröken Bonklesford var själva definitionen av ljuvligt. Det var så logiskt varför hans bror hade varit en sådan libertin. Ingenting i hans liv hade kommit i närheten av den rena njutningen av att kyssa denna kvinna. Han skulle gladeligen förlora förståndet i utforskandet av resten av henne. Glömskan det skulle medföra. Den rena glädjen.

En kall vindpust virvlade in i vagnen och påminde honom om att det fanns ett barn där ute någonstans. Och kusken. Det här var absolut inte rätt plats. Han ville ha det långsamt och lyxigt, inte trångt och ihopklämt.

De var här för att tala med Weaver. Om han lät denna heta, underbara kyss pågå längre, skulle de inte vara i stånd att möta någon i samhället.

Åtrån stred mot det sunda förnuftet när hon lade en varsam hand mot framsidan av hans byxor. Det skulle vara så enkelt och tillfredsställande att fortsätta. Men då skulle de behöva återvända till godset – i ett fruktansvärt tillstånd – utan att ha uppfyllt syftet med sitt besök i staden. De skulle förmodligen behöva stanna till vid kyrkan på vägen tillbaka och lysa för äktenskap.

Han lade en hand på vardera av hennes axlar och sköt motvilligt bort henne, med snabba, hårda andetag. Utan tvekan avslöjade både hans ansikte och hans byxor hur mycket han åtrådde henne.

"Inte här, inte nu", sa han.

"När då?" frågade hon.

Djävulen anamma, han höll på att förlora sin beslutsamhet

vid de orden. Kanske... kanske skulle han hissa vit flagg och ge efter för familjeförbannelsen. Han hade varit så försiktig hela sitt liv, och vad hade han uppnått? Knappt mer än frustration – och barn! Hur kom det sig att han undvek köttsliga äventyr för att inte skaffa barn, men ändå hade blivit omgiven av dem?

"Om det här är vad ni vill kan ni infinna er i mitt gemak klockan nio i afton."

En natt, bara för att se vad all uppståndelse handlade om. Sedan kunde han gå vidare med sitt liv. Som den gången han slutligen smakade marsipan. Han hade hört så många människor tala om den rena upplevelsen av det.

Han hade gett efter och smakat. Det var ovanligt och märkligt, och han var glad för erfarenheten, men han hade inte brytt sig om det igen.

Fröken Bonklesford var marsipan. Han skulle ta en smakbit, och sedan lämna henne ifred.

Tillbaka till ämnet. "För nu måste vi vara förnuftiga och genomföra det möte jag har här."

Hon gjorde faktiskt en sur min åt honom, och han var tvungen att blunda och ta några djupa andetag till.

Utan att öppna ögonen, så att han inte skulle frestas av hennes fylliga läppar ytterligare, sträckte han sig efter vagnens dörrkarm.

Först när han visste att han hade ryggen vänd mot henne öppnade han ögonen igen. Där var fabriken, några hundra meter bort. Den kalla vintervinden skulle rensa hans sinne från orena tankar när han gick.

Det fanns inga tecken på Leonora. Hon måste ha tagit äpplet och sprungit iväg. Men hade hon återvänt till godset eller sprungit i förväg till fabriken för att varna andra för deras ankomst?

Några fler lugnande andetag och han kände sig stark nog att möta den läckra fröken Bonklesford igen. Han sträckte fram en hand för att hjälpa henne att stiga ur. Han hade just lagt märke till att hon inte bar handskar. Kontakten mellan hennes hand och hans sände återigen en pil av lust genom honom. Sötungens fingrar måste vara iskalla i det här vädret. Han skulle beställa handskar åt henne. Han ville överösa henne med fina saker, och sedan ta av dem, en efter en.

Han hade kämpat emot så hårt, men familjeförbannelsen kämpade hårdare. Han höll på att bli som sin bror.

Förbannat.

Å andra sidan, även om hans bror var en libertin och fulländad älskare, hade han varit så beskyddande och hedersam på många andra sätt. Det var goda egenskaper hos en äldre bror, påminde han sig själv.

Han såg upp på John Coachman och sa att de skulle gå resten av vägen.

Medan de gick över den sörjiga marken sa han: "Fröken Bonklesford, mitt besök har ett dubbelt syfte. Jag behöver nytt tyg till barnens kläder. Mitt syskonbarn och min brorsdotter, och jag antar några till. Det är ett legitimt syfte. Om jag beställer för mycket tyg, vid en tidpunkt då barn saknas, kommer det att vara uppenbart att de befinner sig under mitt tak."

"Jag har också hört att det har varit förseningar med beställningar, och jag vet inte om det beror på att hans utrustning är bristfällig eller om han är det. Medan vi talar på hans kontor vill jag att ni observerar verksamheten."

"Ja, herrn. Men ers Nåd, jag har aldrig arbetat i ett spinneri, så jag vet inte hur de borde fungera."

"Det är förståeligt. Men ni kommer att märka om många av maskinerna inte är igång eller om något annat verkar vara på tok. Om ni får en chans, skulle ni kunna tala med personalen och fråga hur det går?"

"Jag ska göra mitt bästa", sa hon.

EBONY OATEN

Han var säker på att hon skulle göra det.

# KAPITEL 5

Det dröjde inte länge förrän Rose märkte att något var fruktansvärt fel. Hon hade arbetat i ett väveri förut, men hon mindes inte att de var så här bullriga. Var det de kala stenmurarna i byggnaden som gjorde det värre? Ljudet studsade och slog i rummet.

Deras öron attackerades av larmet från vävstolarna när de skramlade och gungade. Om Rose och baronen hade velat prata hade de behövt lämna byggnaden och gå ut i det dystra vädret igen för att kunna höra varandra.

Utöver larmet skrek en förman till personalen från balkongen.

Rose pressade händerna mot öronen medan baronen nickade åt henne att följa med honom uppför trappan för att möta mr Weaver.

Weaver verkade inte vara generad över oväsendet eller hans förmans rödbrusiga skrikande där spottet yrde.

Kanske var detta en så vanlig händelse för honom att han tyckte att den var normal?

När Rose gick uppför trappan till avsatsen fick hon en fantastisk utsikt över fabriksgolvet. Utrymmena mellan maskinerna var så smala att personalen var tvungen att gå i sidled för att ta sig igenom. Förhållandena var inte helt främmande för henne, eftersom hon hade erfarenhet från några av de trånga arbetshusen när hon var så mycket mindre – då hon kunde pila mellan maskinerna för att rensa dem. Hennes händer knöts vid minnet av de gånger det varit nära ögat. Långfingernageln hade slitits loss helt och hållet. Hon hade haft tur. Sedan dess hade hon bitit ner naglarna för att hindra dem från att fastna i något.

En skymt av rött hår nedanför skvallrade om att Leonora var här. Rose höll fortfarande händerna för öronen på grund av larmet. Om Leonora hade arbetat här någon längre tid var det inte konstigt att barnet var lomhört. Att arbeta under dessa förhållanden berövade människor så mycket.

Luften här inne var dimmig, med bomullstussar som svävade i den. Hon torkade bort en tuss som landade på hennes kind. Vacker som snö, men inte på långa vägar lika kall.

Övervåningen var en labyrint av gångbroar och kontor. När de kom in i en korridor stängde baronen dörren bakom dem och dämpade ljudet. Båda drog en lättnadens suck. Baronen knäppte med käken och såg på Rose med ett oroligt uttryck.

"Är det bra med dina öron?"

"Jag återhämtar mig nog", nickade hon, rörd av hans omtanke. "Hur är det med dina?"

Än en gång rörde han på käken. "Jag borde också ha hållit för öronen. Jag undrar om jag ska fylla dem med bomull för promenaden tillbaka?"

"En utmärkt idé."

"Mitt kontor är häråt", ropade mr Weaver tillbaka. "Jag ska be en förman att ta er dam tillbaka till vagnen."

Rose hade aldrig tidigare blivit kallad någons dam, och det kändes inte rätt.

"Jag är guvernanten", sa hon, samtidigt som baronen sa: "Hon är guvernanten."

Nu kände hon sig dum som hade sagt något och sänkte huvudet.

Det var väl bra att han hade rättat Weaver? Men varför kände hon sig ändå förvirrad?

Hon *kunde* ju ha varit hans dam. Varför spelade det någon roll för den här köpmannen vem hon var?

Självklart skvallrade köpmän.

Baronen vände sig mot henne och talade med låg röst. "Se dig omkring, så jämför vi anteckningar i vagnen sedan."

"Ja, min herre." Rose neg snabbt till medgivande när en matrona kom gående mot henne. Hon var en strängt utseende kvinna som påminde Rose om föreståndarinnorna på Duke Street.

Lord Gregory och mr Weaver gick in på hans kontor, och förmannen visade att Rose skulle följa med henne till en av fabriksutgångarna.

"Snälla ni", bad Rose matronan, "finns det någon annan väg ut? Ljudet är ganska störande."

Kvinnan log. "Det kan man lugnt säga. Jag tillbringar så lite tid som möjligt där nere. Kom, vi kan gå genom terummet."

"Underbart", sa Rose med ett lättat leende, för hon ville verkligen undvika att möta oväsendet igen. "Jag tar det svart."

Förmannen log snett och sa: "Det var inget erbjudande, men om ers nåd lägger en tillräckligt stor beställning, vågar jag påstå att vi kan undvara en kopp åt er."

Att dröja kvar för en kopp te var en möjlighet att prata med kvinnan och få reda på vad hon kunde. "Tack, mrs … äh?" Ingen hade presenterat dem.

"Forster", sa hon, "och ni är?"

"Rose Bonklesford, guvernant på Gregory Hall."

"Gregorys avverkar guvernanter snabbare än vi avverkar bomullsbalar!", sa mrs Forster. "Jag antar att det var därför mr

Weaver inte brydde sig om att presentera er, med tanke på att ni inte skulle bli långvarig."

Kvinnan tog Rose till ett rum med ett långbord i mitten och bänkar på vardera sida. Det här måste vara där personalen tog sina teraster.

"Jag hoppas kunna bryta den långa otursförföljelsen", sa Rose.

Mrs Forster gjorde i ordning två koppar och ställde dem på fat, och räckte sedan den ena till Rose medan de slog sig ner på bänkarna. Till Roses förvåning lutade mrs Forster sin kopp för att hälla ut teet på fatet och sörplade sedan i sig det därifrån.

Rose blåste på sitt för att kyla det först och tog sedan en försiktig klunk. Det brände till på läppen. "Herregud, vad hett." Det skulle inte bli någon blåsa, men hon skulle känna den kvardröjande irritationen under någon dag.

"Det är därför vi dricker det från fatet", sa mrs Forster och utförde ännu en uthällning och sörpling. "Det svalnar snabbare. Man hinner dricka upp innan klockan ringer."

Medan de sörplade frågade mrs Forster: "Ni vill väl ha bättre kläder till er själv och barnen, antar jag?"

Hon kunde väl omöjligt veta hur många barn det var? "Ja. Jag är händig med nål och tråd, och jag kan lära flickorna att sy."

"Bomull till oäktingarna och ull till släktingarna?", frågade mrs Forster.

Rose tog en klunk av sitt te för att slippa svara på det.

I samma ögonblick som hon druckit ur sitt te tog mrs Forster koppen och fatet från henne. Hon hade verkligen inte tid att stanna och prata, och Rose hade över huvud taget inte lyckats lirka ur henne någon information om arbetsförhållandena.

"Är det alltid så här bullrigt?", frågade Rose. "Behöver maskinerna oljas eller något?"

Mrs Forster stack handen i fickan och gav Rose två bomullstussar att stoppa i öronen. "Rulla dem ordentligt, så att de kommer ut i ett stycke."

Goda råd. Kanske blev arbetarna döva för att de inte fick ut all bomull ur öronen. Hon skulle ta en ordentlig titt i Leonoras öron senare.

"Det är fruktansvärt effektivt här", försökte Rose igen. "Så många maskiner, så få arbetare."

"Det räcker med ludditiska argument, tack så mycket", sa mrs Forster och pekade mot dörren. "Jag följer er ut."

Åh, nej. Rose hade misslyckats totalt med sitt uppdrag. Hans nåd skulle bli så besviken på henne.

Istället för att åka hem inne i vagnen med Rose, red lord Gregory bredvid kusken. Det var svårt att veta om han gjorde det av altruism eftersom deras unga förkläde hade vandrat iväg och inte syntes till. Kanske ångrade han att han över huvud taget hade tagit med dem.

Rose oroade sig i ensamhet hela vägen hem. Den unga flickan skulle utan tvekan ta sig tillbaka till godset förr eller senare om hon ville ha mat och husrum, precis som de andra hade gjort. Instängd i vagnen kunde Rose bara oroa sig för sig själv under hemresan. Vad hade hon lärt sig av sitt besök på fabriken? Väldigt lite, förutom det faktum att förmannen var misstänksam och inte gillade att svara på frågor. Terasterna var uppenbarligen korta så att arbetarna kunde återgå till arbetet. Omnämnandet av tullarna, eller vad de nu hette. Det fanns ett T och ett L där någonstans. Kanske skulle baronen veta. Det var därför det var så frustrerande att han red utanför istället för här inne med henne. Hur skulle de kunna dela med sig av vad de visste om de inte pratade?

Av frustration sköt hon upp den anslutande fönsterluckan och ropade: "Min herre, vad är en tullerit?"

"En vad?", ropade han tillbaka. Vinden tog tag i hans röst, och hon kunde knappt höra över oväsendet.

Han var löjligt korrekt. Det gjorde saker och ting omöjliga.

"Snälla, åk här inne med mig. Jag kan inte föra ett samtal så här", bönföll hon.

John Kusk saktade ner hästen och Rose suckade av lättnad. De var långt från staden; ingen skulle se dem. Om han ville kunde de byta plats igen innan godset kom i sikte, om han nu var så nervös för personalen.

En stund senare klättrade Gregory in i vagnen och satte sig bredvid henne. "Vad är det du har snappat upp?"

Att ha honom så nära fick hennes blod att samlas på fel ställe. Hennes händer värkte av längtan efter att få röra vid honom.

Sättet han såg så förväntansfullt på henne fick hennes sunda förnuft att fly.

"Du sa något som lät som dunnit?"

"Åh ja, det ja", blinkade hon med kraft för att hindra sig själv från att svimma över honom på så nära håll. "Telliter eller … nej … noddare kanske. Det finns ett—"

"Ludditer?", föreslog han.

"Ja! Det var vad mrs Forster sa. Jag frågade om oljudet och hur effektivt det verkade, eftersom fabriken inte hade så många arbetare. Hon sa att jag lät som en luddit."

Baronen nickade och kliade sig frånvarande på halsen. "Det förvånar mig inte. Bomullstillverkningen är inte skyddad som ullen, så de gör ständigt förbättringar. De nya vävstolarna kan göra sex personers arbete."

Förvirring kom över henne. "Det är väl bra? Vi får mer bomull och kan klä barnen snabbare."

"Inte riktigt." Han skakade på huvudet. "Samma mängd

råbomull går in, och samma mängd tyg kommer ut. Men det behövs fem färre personer för att tillverka det."

Rose funderade på detta ett ögonblick. "Jag slår vad om att det var de yngre som inte behövdes. Det är därför de är arbetslösa."

Han nickade och sa: "Det verkar vara fallet. Mr Weaver är förtjust, eftersom hans lönekostnader har minskat med fem sjättedelar."

Rose suckade tungt över barnens snabba vändning i lyckan. De kanske inte hade tjänat mycket på att tillverka bomullstyg, men de nya maskinerna i fabriken innebar att de inte kunde tjäna någonting alls.

"I så fall är jag glad att de kom till godset", sa hon. "Ryktet måste ha spridit sig om vilken generös och vänlig man du är och att du inte behandlar dem illa."

"Jag? Generös och vänlig?" Uttrycket han gav henne var fullt av hån. "Jag är en förfärlig godsägare som misshandlar min häst och ... och ..."

Rose fnissade och stämde in. "Du är en tyrann vars temperament är känt över hela Storbritannien!"

Han hängde på. "Jag behandlar min personal fruktansvärt. Butlern är nära att säga upp sig. Min betjänt har börjat dricka."

Rose sa: "Du kan inte behålla en guvernant i mer än en minut innan hon springer skrikande mot kullarna!"

"Det är för att jag hela tiden sätter på dem i vagnen", hasplade han ur sig.

Plötsligt blev det svårt att andas. De stirrade på varandra, och hennes puls bultade i halsen.

Rose knöt händerna för att hindra sig själv från att sträcka ut handen och röra vid honom.

Han stammade men höll blicken stadigt fäst vid henne. "Jag, äh ... förlåt mig. Det där var ytterst opassande."

"Det finns inget att förlåta", andades Rose.

Om han bara ville överbrygga avståndet mellan dem och ta henne i sina armar.

Vagnen saktade in och John Kusk ropade: "Godset är i sikte!"

"Skit också", sa de båda samtidigt. Sedan såg de på varandra och skrattade lättat.

Rose vågade sig på: "Vi verkar båda ha opassande tankar."

"Det har vi verkligen", bekräftade han. Med en snabb rörelse drog han henne i sina armar och kysste henne grundligt men alldeles för snabbt. Innan hon hann börja njuta av känslorna, knuffade han henne försiktigt tillbaka i sätet. "Jag måste sitta ute, annars kommer jag verkligen att fördärva dig, och det kommer att vara helt och hållet mitt fel."

Rose sa snabbt: "Det gör mig inget."

"Nåväl", hans ansikte rodnade av överraskning och upphetsning. "Jag antar att det betyder att du kommer till mina gemak klockan nio ikväll då?"

Åh, just det! I kaoset av hennes stormande känslor hade hon glömt att de redan hade kommit överens om att träffas. Vilken dumbom! Hon sträckte sig fram, kysste honom snabbt igen och sa: "Räkna med det."

# KAPITEL 6

K lockan i hallen visade att timvisaren var mycket nära IX och minutvisaren precis före XII.

Bong – hon räknade slagen.

Bong – hennes knackning ljöd mot dörren samtidigt som klockan slog.

Bong – en andra knackning.

Bong – han öppnade dörren, och hon höll på att tappa andan vid åsynen av honom.

Bong – han drog in henne, och hennes hjärta bultade vilt i huvudet på henne.

Bong – han stängde dörren.

Bong – han reglade dörren.

Bong – han tryckte upp henne mot dörren.

Bong – han kysste henne.

Hans kyssar skickade eld genom hennes ådror när hon slog armarna om honom. Han bar inte sina vanliga dagkläder eftersom det var natt. Hon hade inte hunnit se vad han hade på sig, men det kändes mjukt och lent mot henne. Bara beröringen av det gjorde henne vild.

Han drog sig tillbaka och hans andhämtning kom i upphetsade stötar. Nu kunde hon se honom bättre genom sin glasartade och suddiga blick. En brasa brann i närheten och kastade ett gyllene sken över rummet. Han såg överjordisk ut, klädd i en morgonrock av satin som böljade och glänste i eldskenet när han rörde sig.

Han såg obesvärat bekväm ut, vilket bara gjorde hans nästa kommentar ännu mer malplacerad.

"Jag har ingen aning om vad jag gör", sa han och rodnade i ansiktet av vad som kunde vara blyghet. Det var svårt att avgöra, med hennes egen puls som bultade i öronen och hennes kropp så levande av hans beröring.

"Det skulle man inte kunna tro", erkände Rose. "Jag är helt förtrollad av dig." Ändå fanns det något så ömt i hans erkännande. "Jag har inte så mycket att jämföra med, om det är det du oroar dig för."

Han gav henne ett blygt leende och sedan en knappt märkbar ryckning på axlarna. "Var försiktig?"

"Självklart." Hon klev tillbaka in i hans armar och kysste honom med hela sin själ. Ja, hon hade blivit kysst förut, men det gick verkligen inte att jämföra. Han skulle fördärva henne fullständigt, och hon välkomnade det.

Han må ha påstått sig sakna kunskap, men han visste definitivt hur man kysste en kvinna så väl att hon kunde glömma sitt eget namn. Inget spelade någon roll när hans varma läppar pressades mot hennes och stal hennes förstånd.

Hon tryckte hela sin kropp mot hans och höll baksidan av hans huvud med ena handen för att öka kontakten den där lilla aningen mer. Med den andra handen gled hon ner längs hans satinlena rygg och fann kurvan på hans fasta stjärt. Åtrån pulserade inom henne och hon lyfte ena benet för att vira det runt honom.

Långt ner i magen kände hon det där ljuvliga, bultande begäret.

Han rörde på sig och pressade sin upphetsning mot henne.

Herregud, vad hon ville ha honom.

Driften att skynda på var så svår att motstå, men hon var tvungen. Hon hade lovat honom att vara försiktig, och hon skulle hålla det löftet.

Längden av hans lem pressades genom tyget mot hennes mage. Hennes kyssar blev intensivare, och ännu en kraftfull, dov puls tog andan ur henne.

Om de inte inledde akten snart skulle hon explodera snabbare än torrt fnöske.

Djärvare och otroligt upphetsad tog hon hans hand och förde den upp under sina kjolar för att visa honom det bästa stället att röra vid henne.

Hela hennes kropp skakade till när hans fingrar fann hennes fuktiga sköte. Hon var tvungen att andas tungt genom hänryckningen.

Hans fingrar utforskade henne trevande, och hon klämde sitt ben hårdare runt honom för att hålla sig stadig. Hennes andra knä skulle inte hålla henne upprätt mycket längre.

"Sängen eller stolen?" frågade hon och noterade att de var på samma avstånd från båda möblerna.

"Sängen ... om en stund", sa han, och andhämtningen blev ojämn när han lät fingrarna följa fuktigheten.

Ett mjukt skratt undslapp henne, och hon sa: "Vi skulle ju kunna ligga på golvet?"

"Sängen blir det", sa han och drog bort sin hand. Frånvaron av den kylde ner hennes lust, men bara för ett ögonblick.

Några få steg senare var de på sängen. Rose drog hans morgonrock åt sidan för att beundra hans prakt. Han var naken under satinet, precis som hon hade önskat. Men han var så mycket mer än hon hade kunnat föreställa sig. Mjuka stänk av hår prydde hans bröst, som hon lät fingrarna löpa genom.

Han knöt upp snörena på hennes framsida och drog sedan

ner hennes särk så att hennes bröst kunde välta fram. Ett efter ett kysste och masserade han dem. Små stön av njutning undslapp hans strupe.

Roses kropp brann av längtan efter att ha honom inom sig. Hon drog upp sina kjolar och satte sig grensle över honom där han låg på rygg. Sedan pressade hon sig mot hans erektion och gled lite fram och tillbaka. Han kändes så het och hård under henne, så redo. Hon var mer än redo, och hennes andning blev tyngre och tyngre ju mer hon gled fram och tillbaka.

Hans händer och mun var så upptagna med hennes bröst att hon borde ha njutit av det lite längre, men elden inom henne krävde mer bränsle.

Hon smög in en hand mellan hans mage och hans erektion och ändrade vinkeln så att den pekade uppåt. Sedan pressade hon sig mot toppen. Han slutade massera hennes bröst för ett ögonblick för att ge henne långsamma, gillande blinkningar.

Hon nickade, och han nickade tillbaka.

Plågsamt långsamt sänkte hon sig ner över honom, hennes kropp hungrig och het och våt för honom. Hans ansiktsuttryck, först omtöcknat, blev mjukt och änglalikt när de förenades i extas.

Han övergav hennes bröst och höll henne hårt om midjan när hon sjönk hela vägen ner. Kvidande rop vällde fram ur hennes strupe när hon svankade med ryggen och intensifierade ögonblickets njutning.

Hans läppar landade på den ömma kurvan av hennes hals, och han juckade under henne. Långsamt fann de den mest ljuvliga rytmen, båda flämtande över sin glädjefyllda förening.

Långsamt till en början, och sedan snabbare, byggdes deras älskog upp till ett crescendo tills han flämtade till av förvåning och förundran över vad deras kroppar kunde åstadkomma.

Han föll tillbaka på sängen med Rose fortfarande spetsad på

honom. Hon hade ännu inte nått sin klimax men var inte långt efter.

Hon lät sin hand glida ner och fann sin vackra pärla, och smekte den fram och tillbaka medan hettan växte och växte, samtidigt som hennes hjärta vacklade bakom revbenen som om det skulle stanna.

Under en bländande sekund stannade allt upp när hennes orgasm sköljde över henne, och hon kollapsade på honom.

Båda andades tungt och snabbt, deras kroppar nu varma och mjuka medan efterglöden krusade genom dem och drog dem in i sömnen.

Robert vaknade efter sitt livs mest erotiska dröm, bara för att finna föremålet för sin tillgivenhet omsluten av hans armar. Han behövde röra på sig, men han skulle hellre gnaga av sig armen än att störa den fallna ängeln bredvid honom. Han hade tillfredsställt sin första kvinna och skakade på huvudet åt hur platt det uttrycket lät. Detta var inte njutning. Jo, självklart var det det, men det gick så mycket djupare än så. Det de hade gjort var bortom njutning.

Och han kunde knappt bärga sig tills de kunde göra det igen.

Det skulle innebära att väcka den sovande skönheten och fråga om hon hade energi för mer.

Han vände sig mot henne och såg hennes ögon öppnas och studera honom.

"Hej", sa han. Häpnadsväckande att tänka sig att denna handling hade gjort honom nästan mållös.

"Hej själv", sa hon med ett förstulet leende. "Jag antar att jag borde gå tillbaka till mitt rum?"

"Gå inte än." Var hon så ivrig att ge sig av? "Om du inte vill förstås? Det är helt upp till dig." Nu svamlade han, som en förälskad yngling.

"Jag kan stanna lite längre, om du vill att jag ska göra det?"

Orden "jag skulle älska om du gjorde det" slank ur honom innan han ens hann tänka. Åh, herregud, varför sa han det? Han vände sig bort, plötsligt blyg och kände sig dum. Brasan var nästan släckt, den perfekta ursäkten för att kliva ur sängen och få den att glöda igen.

Fumlande letade han nu efter sin morgonrock, som hade åkt av vid något tillfälle.

"Gör jag dig nervös?" frågade hon.

Kära himmel, ja, det gjorde hon. Som om deras roller var ombytta och hon var adelsdamen och han en simpel page.

Han var en förälskad dumbom.

Tja, inte kärlek, det var ett dumt ord att använda. Det måste finnas något mer passande. Han kunde bara inte komma på vilket ord det var.

Pladdrande idiot kom nära.

"Vill du att jag ska gå?" frågade hon.

"Tvärtom", sa han och sträckte sig efter henne.

På några sekunder pressades deras kroppar mot varandra, som om han hade funnit den saknade biten av sig själv som bara hon kunde fylla.

En galen tanke for genom hans huvud. "Och jag som trodde att marsipan var gott."

Han föll handlöst in i glömskan i hennes armar.

# KAPITEL 7

Dagarna må ha blivit kallare, men baronens säng fick Rose att brinna av åtrå varje kväll. Det var ett galet sätt att leva. Undervisa barnen om dagarna, lära sig allt om baronen om nätterna.

På något sätt lyckades hon få lite sömn, men aldrig tillräckligt.

"Jag har tröttat ut dig", sa han medan han lät kyssar vandra nerför hennes hals och mot hennes bröst. "Jag skulle be om ursäkt, men det skulle inte vara uppriktigt."

Ett mjukt, kapitulerande skratt brast fram. "Du är ett odjur", sa Rose medan hennes kropp svarade på hans smekningar. "Baron Odjuret", lade hon till.

"Det är kanske dags att du kallar mig 'Robert'", föreslog han.

"Mycket väl, Robert Odjuret", sa Rose med ett skratt.

Han gav ifrån sig ett lekfullt morrande medan han lät kyssarna vandra nerför hennes mage, och sedan ännu lägre.

Hennes rygg kröktes i förväntan och pulsen steg. En automatisk reaktion i vetskapen om den lycksalighet som väntade. Vilken förtjusande snabblärd elev baronen, Robert, hade blivit.

Hans kyssar nådde dit hennes lår möttes och hon sveptes med i ett rus. Omvärlden existerade inte längre; grundläggande behov som sömn och till och med nästa andetag försvann. Herregud, den här mannen var så underbar. Krusningar av njutning spred sig genom hennes kropp och växte till vågor och stötar av vällust. Yr och omtöcknad andades hon genom njutningen som byggdes upp mer och mer. Han slickade och sög och lekte och gav henne njutning. En kraftig stöt skakade hennes kropp och hon skrek till. Sedan en till, tätt efter den första.

"Min vackra Rose", flämtade han.

Han slickade den känsliga knoppen och hon flämtade till av glädjen och undret när hennes kropp skalv och skakade. Glädje vibrerade genom henne när han klättrade upp längs hennes kropp igen och positionerade sig för att ta henne. Hennes händer smekte hans överkropp och hon grep tag i en skinka i varje hand. Han pressade sig in och hon flämtade till igen när han fyllde henne. Ännu en explosion utbröt när han tryckte sig in. Han kysste bort hennes skrik och hon kunde känna smaken av sig själv på hans läppar. Det var något så otroligt intimt och extraordinärt med det han hade gjort, den njutning de gav varandra i dessa privata, dyrbara stunder tillsammans.

Hans rytm byggdes upp och hon kände igen det välbekanta mönstret i hans älskog. Deras kroppar glänste av svett när de klättrade tillsammans mot sin gemensamma förlösning.

Hans kropp spändes och anstängdes. Hon virade benen runt honom när han skakade till.

De kollapsade mot varandra, tungt andandes. Hennes hjärta bultade i bröstet när deras kroppar sakta mjuknade i efterglöden.

Den här mannen. Han gjorde så otroliga saker med henne. Hur kunde hon inte älska honom, med kropp och själ?

Herregud. Kärlek. Hade det kommit till det? Hon var förlorad, helt och hållet. Hur skulle hon annars kunna förklara sin villighet att utmatta sig själv dag och natt och ändå vilja ha mer av honom? Det kunde väl inte bara vara akten, eller hur bra de passade ihop. Kunde det?

Det fanns ingen logik att finna i något av detta. Kärlek var inte logisk eller förnuftig eller ens det minsta resonlig. Men den fanns precis här, framför henne. Hon älskade den här mannen.

Rose hade aldrig känt sig så avgudad och dyrkad som när han somnade i hennes armar. Hon viskade ett litet, svagt: "Jag älskar dig", mot hans slutna ögon precis innan sömnen tog henne.

Nästa morgon sa baronen med en tveksam, rosslig röst: "Vi måste prata."

En isande känsla for genom Roses mage vid tanken på hur olycksbådande det lät.

"Måste vi?" Hon svalde torrheten i halsen.

"Ja, jag känner att vi har gjort saker i fel ordning. Jag borde säga att jag ... jag håller bara den hertigliga platsen varm tills min brorson blir myndig, sedan ska den gå till honom."

Förvirringen tog över. Hon trodde att han skulle säga att gårdagskvällen hade varit ett misstag och att de aldrig mer fick tala om den. I stället diskuterade han arv.

Den förvirringen måste ha synts i hennes ansikte, för han skyndade sig att försäkra henne. "Jag ser mig själv bara som en platshållare tills han kan ta över. Då kommer jag att vara fri att göra som jag vill och ... möjligen ... fatta mitt eget ... öh ... beslut om resten av mitt liv och ... ah ... vem jag skulle vilja tillbringa det med."

Insikten slog henne till slut. "Menar du att du inte kan

erbjuda mig äktenskap just nu? Frukta inte, jag hade inga förväntningar på ett frieri."

"Men vi utförde äktenskapsakten. Det är det jag menar med att saker och ting är i fel ordning. Vi borde verkligen gifta oss först, men jag kan inte fria till dig-"

Hon skakade på huvudet. "Akten kommer inte att få några konsekvenser, om det är det du är orolig över. Jag har ett förråd av polejmynta."

"Jag har ingen aning om vad det är", sa han och skakade på huvudet. "Men det spelar ingen roll. Vad jag menar är att jag vill gifta mig med dig, om du kan gå med på villkoren."

"Villkoren?" Nu var hon verkligen förvirrad. Det här var knappast den sortens frieri som fick en att höra harpor och änglasång.

"Ja, du förstår, arvsföljden tillhör min bror och hans son, så eventuella barn vi får skulle inte stå i tur för att ärva, och därför kan släktlinjen fortsätta som den alltid borde ha gjort."

"Tycker du inte om att vara baron?" Vad var det för person som frivilligt gav upp ett arv?

"Inte särskilt. Jag skulle mycket hellre vara med dig, men i så fall kan vi inte få barn förrän vi gifter oss, och det blir inte förrän efter att jag inte längre är en."

Hennes panna veckades i förvirring. "Jag måste vara övertrött, och jag måste snart ta hand om barnen. Kanske vi borde prata om det här senare, när vi båda har vilat lite?"

Han flinade. "Jag sov inte en blund i natt, Rose."

Hon flinade också. "Inte jag heller, Robert."

De skrattade båda i samförstånd.

Hon började klä på sig och han hjälpte henne att hitta hennes tofflor, som låg mitt på golvet. "Kan vi ses igen i kväll?"

Hennes kropp surrade av begär, hennes sinnen var i kaos. "Hur skulle jag kunna vägra?"

Han kysste henne hjärtligt, och fick Rose att glömma allt om sina plikter i hushållet.

När han drog sig undan frågade han: "En sak till. Kan vi införa ett moratorium för ytterligare barn på egendomen? Vi håller på att spricka i sömmarna, och jag kommer att behöva skicka efter mer matförråd."

"Det verkar rimligt", svarade hon.

I stället för tröst tog en oroande dysterhet över. Han skickade iväg henne. Precis som de andra hade gjort. Han hade sagt ljuvliga, milda saker och deras natt tillsammans hade varit glödhet.

Men likväl skickade han iväg henne.

Hon var så dum som trodde att hon älskade honom. Hennes kropp hade lurat henne att tro det, men verkligheten var något mycket mer alldagligt. De delade varandras kroppar, men han delade inte sitt hjärta.

# KAPITEL 8

Ännu en kall vintermorgon tvättade Rose sig i varmt vatten med lite citronsaft och förberedde sig för dagen. Hon hade inte sovit en blund, och det värkte i kroppen efter ansträngningen från hennes eldiga nätter med baronen. Ett ansikte med skuggor under ögonen stirrade tillbaka på henne från spegeln.

Hon hade gett sig hän åt baronen. Hon hade förlorat sitt hjärta till honom, och nu såg det ut som om hon höll på att förlora sin hälsa också.

Och ändå, om han hade bett henne komma till hans rum igen i denna stund, skulle hon inte ha tvekat att tacka ja.

Hur hon skulle kunna hålla ögonen öppna fram till frukost, för att inte tala om lunch, var en gåta för henne.

Robert satt plikttroget vid sitt skrivbord och slets mellan sin åtrå till Rose och behovet av att uppfylla sina plikter som hertig. Vad det nu än innebar.

Han behövde fokusera på siffror och rapporter och på godsets inkomster och utgifter.

Istället ryste hans kropp av välbehag vid minnena han och Rose hade skapat i hans säng den morgonen. Och flera gånger under kvällen. Och morgonen före det, och natten före det.

Välkomnar drunknande män vattnet? För Robert hade vatten över huvudet, och han ville verkligen inte komma upp efter luft.

Siffror och beräkningar flöt ihop på sidorna framför honom. De var meningslösa.

En längtan att skriva poesi tog över. För att kunna göra det behövde han papper. Det måste finnas lite i en låda någonstans …

Han hittade en liten bunt papper som borde vara perfekt, men när han vecklade upp dem kände han igen sin brors handstil.

Det han läste förbytte hans glädje till dysterhet. Det hade skrivits i all hast, att döma av den slarviga krumeluren. Hans bror var möjligen på ett uselt humör, att döma av trycket från pennspetsen på pappret. På vissa ställen hade han strukit under ord och rispat hål i pappret.

Det var ett argt brev adresserat till någon han aldrig hade hört talas om, men troligtvis någon sorts älskarinna. I det förnekade han att barnet var hans och insisterade på att hon skulle sluta ställa krav på honom eller godset.

Med en suck vek Robert ihop brevet och lade tillbaka det i bunten. Han visste att hans bror hade avlat flera barn, så det här barnet var kanske ett av hans, eller så försökte kvinnan bara sin lycka.

Poesin höll inte längre hans uppmärksamhet fången då ett annat brev förkunnade identiska order, att sluta påstå att ett barn var hans när det omöjligt kunde vara det. Nåja, det var vad Charles påstod, men bevisen han anförde var knappast robusta.

Vid det fjärde brevet fanns det ett tydligt mönster. Vid det femte skrattade han nästan till. Han öppnade de tidigare breven igen för att se små skillnader i stil eller bläckfärg. Han hade kanske skrivit dem antingen samma dag eller under en kort, intensiv period – men han hade i vilket fall använt samma bläckhorn, eftersom färgen var identisk.

Ännu en stor suck undslapp honom när han tänkte på barnen som hade tagit sig till godset – det verkade som om Charles hade gjort sitt bästa för att hindra dem från att komma från hans älskarinnor, så de hade kommit från fabrikerna istället.

Oavsett vilket verkade det som om hans gods inte kunde undkomma sitt öde som ett slags barnhem.

Rose hade kommit från ett barnhem ...

Iskall rädsla slingrade sig genom honom när han såg över breven igen och lade märke till ett annat mönster.

Charles älskarinnor – åtminstone de i dessa brev – kom också från barnhem.

Detta var mer än en tillfällighet.

Dessa kvinnor konspirerade för att tömma Charles fickor och beröva godset dess medel.

Och han hade blint följt sin bror i en liknande fälla.

Vilken tur han hade som upptäckt denna list innan han hade dukat under för Rose Bonklesfords knep.

Huset var fyllt av prat då tjänstefolket dekorerade rummen med gran- och tallris. Doften och de djupgröna färgerna spred julglädje över hela godset.

Rose stod vid sitt skrivbord i barnkammaren och undrade

vilka av de många barnen som skulle komma till klassrummet idag.

Åh nej! *Tolv* barn kom in genom dörren och trängde sig in på platser avsedda för åtta.

Skrivbordet stöttade henne när hon sjönk ihop mot det. Hade hon inte lovat Robert att inte ta fler barn till godset?

Inte för att hon hade bjudit in någon av dem; de hade helt enkelt hittat hit, och hon hade inte hjärta att avvisa dem.

Hon skulle inte kasta ut dessa barn heller, men de prövade verkligen hennes tålamod. Om det fanns så många nya ansikten i det här rummet, hur många fler skulle det då inte finnas i stallarna och ladan och nere i köken?

Hur skulle hon förklara situationen för baronen?

Hon kände igen ett av barnen här inne på hennes chockröda hår. Det var Leonora, som hon senast hade sett den dag de besökte bomullsfabriken.

Leonora tog en titt på Rose och sa: "Är ni sjuk, fröken? Ni har blåmärken under ögonen!"

Med ett djupt andetag ignorerade Rose barnets raka ord och återgick till det som var viktigast. "Det verkar som om vi har nya barn här i morse. Skulle ni vilja presentera er?"

"Ja, fröken." Leonora log brett och började peka på varje barn i tur och ordning. "Det här är Anne, det här är Anne också, och den här är också Anne, och det där är George och George och William och en till George och—"

En huvudvärk pulserade bakom hennes ögon när Leonora upprepade samma få namn om och om igen, för ett nytt barn varje gång.

"De brukade arbeta på bruket och nu gör de inte det på grund av de nya maskinerna. De hade ingen annanstans att ta vägen och de är villiga att lära sig ord och siffror, fröken. De kommer inte att ställa till med några som helst problem, jag lovar! Och nämnde jag att de inte har någonstans att ta vägen? Och det är jul!"

Kunde flickan lägga på skulden tjockare? "På tal om julen, vi måste dekorera rummet!" lyckades Rose säga. Att ta med dem ut för att samla dekorationer skulle minska risken för att baronen skulle stöta på dem.

Hon hämtade extra vantar och rockar från garderoben, och snart var de utomhus, på väg mot skogen och långt utom synhåll för baronen.

Rose såg fram emot en stark kopp te efter detta, och troligtvis något ännu starkare på kvällen.

Robert gned sig i ögonen i misstro vid anblicken av de många fler barn han upptäckte sovandes i stallarna. Han visste att något var på tok eftersom de små glasfönstren i hans vagn var immiga från insidan, vilket tydde på en källa till värme och fukt inifrån.

Doften av människokroppar slog emot hans näsborrar när han öppnade dörren. Tjuten från skrämda barn fyllde hans öron.

Värre än angreppet på hans sinnen var attacken mot hans förnuft. Det låg åtta till tio barn hopträngda här inne.

Ovanför, bland takbjälkarna där hans stalldrängar förvarade halmbalar, fanns bevis på fler barn. Varför i hela friden skulle de sova här ute när det fanns gott om plats inomhus?

Detta måste förstås vara de som inte fick plats. Inget av dessa barn såg bekant ut. De måste ha anlänt nyligen.

Han marscherade in i huset, tog trapporna två steg i taget och nådde sin systerdotters och systersons rum. Skrik anföll hans öron när han öppnade dörren för att finna barn som flydde rummet som ett bo av möss. Några sprang rakt förbi honom och ut genom dörren, och knuffade till honom i processen. Andra tog en anslutande dörr. De varnade i sin tur andra att hans nåd hade upptäckt dem.

Han var för trött för att ta ännu en trappa upp. Istället tittade han på barnens ryggar, säker på att han skulle se minst ett dussin fly från detta rum.

Om det var åtta i vagnen, och fler i halmen ovanför, och ungefär tio här, var det redan nära de tjugotre som fröken Bonklesford hade erkänt häromdagen.

Han hade varit mycket bestämd i sin begäran att godset inte skulle ta in fler, och hon hade gått med på det. Han kom ihåg att hon hade accepterat hans påbud.

Förbannat vare det, hon hade ljugit honom rakt i ansiktet!

Sveket träffade honom som ett slag i magen.

Han tog trapporna tillbaka ner till bottenvåningen och gick mot baksidan av godset där dörrarna öppnades mot den lilla personalgården. Han öppnade dörren och ställde sig bakom den och lyssnade på det svaga ljudet av små fötter som sprang blint ut i det svaga, vintriga ljuset.

Inom en minut ramlade tre barn ut, sedan fler. Ut kom de som säd som strömmade ur en trasig säck.

I tanken räknade han till sju innan den första av dem slutligen såg honom stå bakom dörren.

"Spelet är över, gänget", sa ett långt barn. Inte hans systerson, men i liknande ålder. Hans ansikte var bekant, så han hade sett honom i klassrummet förut. Förbaskat om han kunde sätta ett namn på ansiktet, dock.

Inga skrik nu; barnen tystnade när några till ramlade ut för att ansluta sig till dem.

Ett sprang in i ett annat och välte omkull det. När barnet fick ögonkontakt med Robert, sköt han upp och sprang tillbaka in i huset, där han kolliderade med ett annat barn som var på väg ut.

Någon skulle komma att skada sig om han inte stoppade detta vansinne.

"Det är lugnt, barn. Jag tänker inte skada er. Jag behöver bara sammanställa hur många ni är."

Det var inte barnens fel att de hade dragits till godset.

Det var fröken Bonklesfords.

Hon gjorde bäst i att njuta av sina sista timmar här, för han kunde knappt bärga sig innan han blev av med henne.

# KAPITEL 9

När Rose återvände med Leonora och alla barnen som hette Anne och George och den ende William, med armarna fulla av julsaker, upplevde hon den allra värsta timmen i sitt liv.

Med tanke på att hon hade vuxit upp på barnhem var det redan från början en ganska hemsk måttstock.

Borta var Robert, hennes älskare. I hans ställe stod en rasande baron Gregory.

Han skällde på henne: "Vad tror ni att ni håller på med?"

Barnen tryckte ihop sig, med uppspärrade ögon. Darrningarna kunde ha berott på kylan, men de kom troligen även från rädsla.

Rose svalde tungt och sa: "Jag tog med barnen för att samla julpynt!"

Han skakade på huvudet. "Ni gömde dem för mig, efter att ni lovat att det inte skulle komma fler barn."

Med hjärtat bultande och tålamodet på bristningsgränsen tänkte Rose inte finna sig i att bli falskeligen anklagad. Hon skyndade in med barnen, stängde sedan dörren och stannade kvar på den kalla borggården för att försvara sitt rykte.

Ånga bolmade från henne när hon talade. "Jag *tog inte hit* dem. De dök upp av sig själva –"

"– Ni borde ha skickat tillbaka dem direkt dit de kom ifrån!"

Hans humör var på kokpunkten, hans näsborrar vidgades. Ånga strömmade från honom när han talade. Hon hade aldrig sett honom sådan, och det skrämde henne. Bara några timmar tidigare hade de saligt uppslukat varandras kroppar. Nu behandlade han henne som en svuren fiende.

En obehaglig utveckling.

Han befallde henne: "Ni och resten av barnen ska vara borta imorgon vid lunchtid."

"Det är julafton! De har ingenstans att ta vägen", bad hon.

Han steg närmare, och hans röst sjönk till en farligt låg nivå. "Det angår inte mig. Hela tiden har ni distraherat mig för att kunna dra fördel av situationen."

"Nej, min herre, jag svär att jag inte har gjort det." Hur hade allt kunnat gå så fel, så snabbt? Hon var tvungen att förhala för att kunna tänka klart. "Flera barn bodde redan här innan jag kom. Jag är inte ens från den här staden, så jag hade inga kontakter. Jag hade ingenting med det att göra."

Plötsligt insåg Rose att barnen kanske redan hade haft ett slags viskningsnätverk som de förlitade sig på för att se efter varandra. Det faktum att hushållet hade en guvernant måste ha varit en bonus för dem.

Hans halsmuskler spändes. "Från den stund ni anlände har ni kastat er över mig för att distrahera mig från att märka vad som pågått under mitt eget tak."

Senast hans läppar varit så här nära hade de kysst varandra sanslösa. Nu var de tunna och arga, som två svärd som skar skåror i hennes själ. "Jag trodde", hans röst blev låg och förtvivlad, "jag trodde att det var för att ni älskade mig. Jag är bara tacksam över att jag kom till sans i tid."

"Men jag älskade ju er", flög det ur Rose. Åh, vilken fruktansvärd röra det här hade blivit. Det var inte så här hon hade velat förklara sig, men i samma ögonblick som orden var ute visste hon att de var sanna.

"Sluta använda samma gamla knep."

"Ett knep?"

"Ja." Han snörpte på munnen och tog ett steg tillbaka. "Det äldsta knepet ... för det äldsta yrket."

Rose flämtade till. "Hur vågar ni!" Om han fortfarande hade stått på samma plats skulle hon ha slagit till honom, hårt. Men han hade dragit sig tillbaka innan han utdelade det fasansfulla slaget.

"Jag sa att jag älskade er för att jag gjorde det", bekände Rose. "Det var ett fruktansvärt misstag från min sida, att någonsin tro att ni kunde vara värdig mig. Jag trodde att vi kunde ha det bästa av allt här. Barn räddade från ett liv på gatan. Godset blomstrande och produktivt. Och vi skulle ha haft varandra."

Hans ord spottade åt henne som fett i en stekpanna. "Lögnerna rullar så lätt från er. Det här var er plan hela tiden, eller hur? Att förvandla godset till en bordell och tömma kassan för att bygga ert eget bo!"

Ilska flammade upp i henne vid anklagelsen. "Jag har inte gjort något sådant."

Hans ögon blev till eld. "Ni har använt er kropp för att distrahera mig från verkligheten. Hur skiljer det sig från kvinnorna som bedriver sitt yrke på Gin Lane?"

Raseriet gjorde Rose mållös. Hon stod där och darrade framför honom. Att han skulle förnedra henne till en sådan position, när han visste – han *måste* veta – att det var det mest avlägsna från sanningen. Hon älskade honom – hade älskat honom – med kropp och själ. Och för vad? För att bli förolämpad? För att bli påmind om sitt oförtjänta rykte. Hon behövde ta ett andetag till för att lugna sig. "Jag trodde aldrig att ni var kapabel till sådan grymhet, min herre. Att kasta ut mig ... ja, det är väl att vänta, antar jag, men att fördöma barnen också, det är något ni kommer att få svara inför Vår Herre på er yttersta dag."

Hennes humör var på kokpunkten, och hon lät det flöda fritt.

"Tro inget annat, ni utsätter varje föräldralöst barn här för ett fruktansvärt öde. Jag hade hoppats att det inte skulle hända, att jag kanske skulle vara undantaget, att barnen här hade funnit den enda personen i världen som faktiskt brydde sig. Men nej, ni överklassmänniskor är alla likadana. Ni använder folk så länge ni vill, så länge de bockar och niger och får er att se bra ut, och sedan kastar ni bort dem som en gammal näsduk för att ni plötsligt ändrar er på ett infall. Vad var det som fick er att vända? Skrev någon ett giftigt brev och anklagade mig för saker jag inte kan försvara mig mot?"

Han öppnade munnen för att tala, men hon höll upp handen, utan att bry sig om vad hans svar skulle vara. "Jag är inte färdig. Det finns alldeles för många Gin Lanes i den här världen, och ni och er sort tror att folk där har sig själva att skylla. Det är inte sant, och det har aldrig varit sant. De är på Gin Lane på grund av folk som ni, som kastar dit dem när ni blir lite generade eller en smula besvärade eller förlorar ett vad eller tröttnar eller vilken fånig anledning ni än hittar på. Men det är alltid er sort, och *era* nycker och, och ... växlande infall som driver folk dit."

Vreden hade henne i sitt grepp. Hon borde ha vetat bättre än att fortsätta tala så djärvt, men han sårade henne, så hon ville att han skulle lida.

Hon ville också straffa sig själv för att hon trott att hon skulle vara den lyckliga som bröt den långa raden av olycksöden som väntade barn som henne, födda på fel sida om sängen.

Men att kasta ut barnen också? Det var mer än grymt.

Han var förstummad av tystnad, så hon fyllde den. "Jag är ledsen, min herre, för att jag vågade tro att ni kunde vara den som skulle förändra mitt öde. Men jag är inte ledsen för något jag har gjort. Jag är så fruktansvärt ledsen för att jag blev kär i er, och jag önskar att jag inte hade blivit det, för då skulle smärtan inte vara så svår. En dag, när ni är alldeles ensam och olycklig och undrar varför det finns så många ficktjuvar där ute på gatan, tänk då på hur de hamnade där och hur mycket ni och sådana som ni har bidragit till det."

Han stod där och tog emot hennes flod av invektiv, med ögonen vidöppna av något som såg ut som förvirring. Nåja, åtminstone var det inte den där föraktfulla avsmaken med krusad överläpp som hon så ofta sett hos andra. Han såg genuint sårad ut, som om det var första gången någon hade förklarat för honom hur världen verkligen fungerade.

Till slut frågade han: "Är ni färdig?"

Hon nickade att hon var det.

"Packa då era saker och var borta inom en timme. Tala med mrs Soames om eventuell ersättning ni kan ha rätt till. God dag."

Han gick in i huset och stängde dörren.

Heta tårar strömmade från Roses ögon, i skarp kontrast till den kalla vinden som virvlade runt henne.

Djup olycka omslöt Robert som en illa sittande rock. Den tyngde ner honom när han satte sig vid sitt skrivbord och började öppna en räkenskapsbok. Rader av siffror krävde hans uppmärksamhet. Han välkomnade det som den distraktion han behövde från sina oordnade känslor.

Hur hans bror hade kunnat driva ett gods och samtidigt ha romantiska dallyrken förbryllade honom. Mannen måste ha varit ett geni för att kunna rikta sitt fokus på siffror när han behövde och stänga av det när han inte behövde.

Ack, Robert var enbart en dödlig och fann det hela alldeles för förbryllande.

Knappt hade han börjat stämma av sidorna förrän dörren till hans arbetsrum öppnades och Rose Bonklesford kom in, bärande på sin slitna resväska.

Klockan visade tio minuter i hel.

Rose tittade också på den. "Det här tar inte lång tid", sa hon.

Han lade ner pennan för att inte fläcka ner sin skrivbok och viftade sedan med handen i dörrens riktning. "Ni är avskedad."

Hennes fötter rörde sig inte.

Med en teatralisk suck reste han sig från sitt skrivbord och hämtade en börs full med mynt. Han gick fram till henne, tog hennes handflata och slöt den runt börsen. "Tidsfristen vid middagstid gällde er, inte barnen. Jag ska ge dem en veckas uppskov. Ni kan dela ut dessa mynt till dem för att underlätta för deras nya boenden."

Hon satte en hand på höften och gled in i en hånfull gatuaccent. "'Urr möe' e' de'?"

"Vad?"

Hon hällde ut innehållet ur börsen i sin hand och började räkna. "Jag frågade hur mycket det är. Åh, det är nästan *ett helt pund* här inne."

Där var den där irriterande accenten igen.

"Sluta med det där dumma skådespelet", krävde han. "Ni gör det här ännu värre än det behöver vara."

"Åhh, herrn, ni rädda' mej från fem nätter på rygg!"

"Sluta med det."

"Varför skulle jag sluta? Det är så ni behandlar mig, så varför skulle jag inte ge er ett smakprov på hur det verkligen är?

En flicka måste ta sig fram här i världen. Det är vad jag kommer att göra snart nog."

Hur hade det här kunnat gå så fruktansvärt fel? Det var ju han som hade haft rätt; det var hon som hade lurat honom! Hans beslut att avskeda henne var exakt den korrekta konsekvensen. Det var han som bestämde; det var hans gods. Som arbetsgivare var det hans rättighet, ja, *hans plikt* att se till att hans personal följde reglerna.

Hur hade hon lyckats vända på allt för att göra sig själv till den kränkta parten?

Ilskan fick musklerna att spännas, redo för en strid.

"Ni glömmer er plats", sa han.

"Min plats? Givetvis, min herre, ni är så mycket bättre än jag bara för att er far var en lord!"

"Nu räcker det!" Små spottstänk flög ur hans mun, sådant var hans raseri. Känslorna och skakningarna var så fullständigt obekanta att han kände sig som besatt. "Er ilska är helt felriktad. Ni borde vara arg på er själv för att ni trodde att en så bisarr och ärligt talat absurd plan skulle gå obemärkt förbi, om inte av mig så åtminstone av personalen. Ni borde ha tänkt på konsekvenserna av era handlingar, för det här är exakt vad de är. Men det har ni inte, precis som er mor uppenbarligen inte tänkte på konsekvenserna av sina handlingar när hon f–"

Hon kastade sig mot honom och skrek som en banshee. "Hur vågar ni! Hur vågar ni skylla på min mor för hur en man använde och övergav henne!" Hennes armar slog mot hans axlar, men det fanns ingen kraft bakom dem. Det var som om hon inte hade någon kamp kvar i sig.

Det krävdes varje uns av självkontroll för att inte slå armarna om henne och vagga hennes kropp mot sin. Den vägen ledde till vansinne. De var inte bra för varandra. De kom från så olika världar att det inte fanns någon väg framåt. "Jag vågar påstå att till och med mina släktingar på kyrkogården hörde era skrik."

Hon förbannade honom med en föraktfull blick, rätade sedan på axlarna, tog sin resväska och myntbörsen och stolpade ut ur rummet. Han förväntade sig en smälld dörr, men i stället stängde hon den mjukt med ett klick.

Tolv klockslag dränkte ljudet av hennes avlägsnande fotsteg.

Med magen spänd av det utmattande mötet satte han sig åter vid sitt skrivbord. Det tog hela två minuter av stadig andning för hans hjärtfrekvens att sakta ner. Det fanns brev att läsa och räkenskapsböcker att stämma av.

Några trevliga, distraherande siffror skulle göra honom gott. Siffran 8 var en svår siffra att skriva, då den påminde honom om Roses kropp. Siffran 9 var hennes huvud med en lång hårslinga. Siffran 4 kunde vara hon lutad mot en vägg med armarna i kors.

Han höll på att bli galen.

# KAPITEL 10

Efter vad som måste ha varit timmar, att döma av skuggornas förändringar över skrivbordet, ringde Robert i klocksnöret efter te och kex.

Ingen kom.

Han ringde igen och lyssnade efter ljudet av fotsteg.

Ingenting.

Huset lät märkligt tyst.

Rentav kusligt.

Så här kunde det inte fortgå.

Han fann två anställda i köket. Borde det inte finnas fler?

Var var mrs Soames? Och var var hans te?

Hur skulle en man kunna tänka utan en kopp te?

Han sa till de två pigorna i köket att han skulle inta sin middag i sitt arbetsrum, eftersom han hade mycket mer arbete att utföra. De neg och sa att de skulle komma upp med en bricka vid fem.

Nästa morgon gol tuppen lidelsefullt över ägorna. Att vrida nacken av varelsen var ett alltför lindrigt straff, tänkte Robert medan han sköt undan täcket.

Var var hans tofflor? Hans betjänt brukade ställa dem vid sängen, redo för hans morgonfötter.

Var var hans betjänt, förresten?

Spelade hans barn, de legitima som han var alltför medveten om behövde en ordentlig fadersfigur i sina liv, honom något barnsligt spratt?

Han fann en morgonrock och tofflor i garderoben och gick nerför trappan, där den molniga, röda soluppgången strömmade in genom trapphusfönstret. Det gamla talesättet for genom hans huvud: "Röd morgon, en varning för herden."

Om det regnade ihållande idag skulle det passa hans tilltagande usla humör.

På väg ut fick han syn på tuppen på gaveln ovanför mejeriet. Dess öronbedövande galande fick det att klia i fingrarna efter pistolen. Först nu lade han märke till att mejeridörrarna stod vidöppna, som om pigorna hade övergett sina poster.

Skramlande ljud hördes inifrån mejeriet. Någon, eller några, måste vara där inne. Det må vara julafton, men han skulle ge de där elaka barnen en läxa de sent skulle glömma!

När han gick in fann han godsets kor som sparkade omkring, välte saker och viftade med svansarna.

De råmade klagande, vilket fick tuppen att sätta igång igen. Deras bölanden ekade från stenväggarna och genljöd i hans huvud.

De tittade på honom med sina milda bruna ögon, blinkade långsamt och stampade med hovarna i marken. Hade de uträttat sina behov? Det droppade vätska från deras bakdelar, vilket var högst opassande!

"Ut med er", sa han, steg åt sidan och viftade med handen mot de öppna dörrarna.

Korna råmade och stapplade omkring. Bevare mig väl, deras juver såg enorma ut! Och smärtsamma.

Nu när hans ögon hade vant sig vid det svaga ljuset kunde han se att det droppade mjölk från dem och att de helt klart var desperata efter lindring.

Korna måste ha gått in i mjölkningsladan själva för att få denna lindring, men var var mjölkerskorna?

Han kunde då rakt inte mjölka dem. Han skulle inte ens veta var han skulle börja. Och de skulle antagligen sparka honom i huvudet för besväret. "Jag ska hämta mjölkerskorna", försäkrade han den som var närmast honom. Han stegade tillbaka till huset och hörde tunga klövar bakom sig. Korna försökte följa efter honom in i huset!

"Vänta här", sa han och stängde bestämt dörren bakom sig. Sedan ropade han: "Mrs Soames? Någon?"

Mrs Soames svarade från någonstans högt upp i trappan och kom genast ner. "Ja, ers nåd", sa hon med en nigning.

"Var är mjölkerskorna? Gårdsplanen är full av upprörda kor som behöver skötas om omedelbart. Och medan ni ändå håller på ..."

"De har gett sig av, ers nåd", neg hon igen. "Mjölkerskorna for igår kväll. Jag ska se till att mjölka korna och anställer fler pigor så snart som möjligt."

"Hämta någon annan som kan mjölka korna. Ni behövs på annat håll."

Kvinnan skrattade så mycket att nycklarna som hängde från hennes châtelaine skramlade musikaliskt. "Ska jag skicka efter betjänten då?"

Hon gav honom ett medvetet leende, vilket fick hans inälvor att vända sig i nederlag.

"Han har också gett sig av, eller hur?" sa han och visste redan svaret. "Vem *är* kvar?"

"Er brors barn, jag själv, butlern och två män från stallet

som vägrade ge sig av eftersom det skulle vara grymt mot hästarna. Ni har tur att de bryr sig så mycket."

Han hörde de outtalade orden: att de brydde sig mer om djur än de brydde sig om honom. Han borde skatta sig lycklig att de inte hade tagit hans springare med sig.

Han hade velat bli av med gatubarnen, inte hela personalen.

"Varför gav de sig av allesammans? Jag avskedade bara de svekfulla barnen, inte resten av dem."

Han var tvungen att ta en av hästarna och leta reda på sin försvunna personal.

"Många anledningar", sa mrs Soames, hämtade en hink och en pall från väggkrokarna och ställde sig invid den närmaste kon för att lätta den stackars varelsens börda. Hon började mjölka medan hon pratade. Smärtrynkorna i kons panna slätades ut. "Den främsta anledningen är att barnen gjorde ett strålande jobb med alla sina uppgifter och var tacksamma för det. De tog ingen lön eftersom allt de gjorde var i hemlighet", den rytmiska spruten av mjölk i hinken markerade hennes meningar. "Jag menar, om jag var i era kläder och hade en liten armé av personal som arbetade gratis, skulle jag kyssa deras fötter varje kväll och prisa min lycka." Sprut, sprut, sprut, sprut. "Så när de alla åkte, tänkte helt rimligt, kan jag tillägga, många av oss andra", sprut, sprut, "att ni inte var riktigt klok som avfärdade sådana smarta småttingar och dömde dem till ett liv på gatorna." Sprut, sprut, sprut, sprut. "Och om ni blev så upprörd över en liten obetydlighet som ett mindre bedrägeri, vilket straff skulle då vi andra få om vi gjorde något som faktiskt var värt att bestraffa?" Hon sträckte sig efter kons andra två spenar för att lätta på trycket, och hinken fortsatte att fyllas. "Saker och ting har varit så bra sedan miss Bonklesford anlände. Så vad gjorde det om det fanns några extra munnar att mätta när de andra var så produktiva? Det närmaste jag själv har kommit att ha en familj. Jag kommer att sakna de där rackarna."

Robert tog ett steg tillbaka. "Om så var fallet, varför stannade ni kvar?"

Hon gav honom en blick från sidan och fortsatte mjölka. "Sjuklig nyfikenhet. Jag ville se vad morgonen skulle föra med sig." Den andra kon gav ifrån sig smärtfyllda ljud och ville ha sin tur. "Så där ja, mrs Butterworth, nu är ni lättad." Hon lyfte undan hinken och klappade den mjölkade kon på baken. "Er tur, mrs Cream."

Sju helveten. Han hade ställt till en enda röra av alltihop. Den lilla personal som återstod skulle utan tvekan skratta åt honom. Han förtjänade deras hån. Mer än välförtjänt.

Om mrs Soames inte hade stannat, hade det kanske varit han som mjölkade korna denna dag. Och gjort ett förfärligt dåligt jobb.

"Jag tackar er för att ni stannade kvar", sa han, och han menade det.

Mrs Soames frustade. "Om ni verkligen vill tacka mig, åk och hämta tillbaka miss Bonklesford, barnen och resten av personalen. Annars står vi inför en miserabel jul."

Hushållerskan hade rätt. Han var tvungen att få tillbaka barnen och sin personal, och han visste att det enda sättet att uppnå detta omöjliga mål var genom miss Bonklesford.

Dimman virvlade runt vagnen när han körde den in till staden. Utan John Coachman i sikte tog han kuskens plats och höll i tömmarna. Tack och lov kände hästarna till vägen och vållade honom inga problem.

Han hade funderat på att rida ensam istället för att ta en vagn, men om miss Bonklesford och några av barnen händelsevis skulle återvända med honom, skulle de behöva hjälp att komma hem.

Ordet träffade honom.

*Hem.*

Hans bibliotek hade en maskulin bekvämlighet som fick hans axlar att slappna av i samma ögonblick han klev över tröskeln. Väggarna av böcker och de tjocka gardinerna dämpade ljudet och isolerade honom från omvärlden. Där inne kunde han tänka.

Köket, hur främmande det än var för honom, hade också någon form av magiskt välkomnande.

Barnkammaren likaså.

Ett stön undslapp honom.

Han hade totalt klantat till alltihop.

Barnen hade fört med sig värme och glädje till platsen. Han hade också tagit deras arbete för givet.

Vad var han för adelsman om han inte hade märkt att hela hans gods hölls samman av så små händer?

Det kändes inte bra att veta att så många barn hade slitit under hans tak i utbyte mot en varm säng och mat.

Och han hade kastat ut dem på grund av vad? På grund av att han trodde att han hade blivit som sin slösaktiga bror och låtit misstänksamhet styra honom, istället för sunt förnuft.

Skuldkänslorna nöp honom i revbenen. Hur kunde han inte ha sett vad som pågick mitt framför näsan på honom?

När High Street närmade sig, letade han efter en plats där en ung kvinna och en skara ungdomar kunde tänkas vara.

Han hade verkligen inte tänkt igenom det här heller. I samma ögonblick han klev över tröskeln till värdshuset och frågade runt skulle skvallret säkerligen flyga.

Han avskydde skvaller, men det enda som var mer skrämmande än att folk pratade om honom var tanken på att aldrig se Rose Bonklesford igen.

Han var tvungen att göra det här själv. Han var tvungen att erkänna sina katastrofala misstag och rätta till dem.

Puben fick det bli. Han valde The Golden Lions och parkerade vagnen bredvid den. Ett barn lurade i närheten, så han erbjöd honom ett mynt för att vakta hästen och vagnen medan han gick in. Inte för att barnet skulle ha en chans mot en beslutsam vuxen som ville ta hans ägodelar, men han hade få alternativ.

Humle och kroppsodör slog emot honom när han klev in i skänkrummet.

All konversation tystnade när stadsborna stirrade på honom. Han grimaserade och nickade åt dem, tog sedan av sig hatten och tilltalade folksamlingen. "Jag är ledsen att störa er eftermiddag. Jag stannar inte länge. Jag ... äh ... jag har förlagt ett antal ... äh ... yngre anställda ..."

Det tog så lång tid att förklara sig att han var säker på att de trodde att han hade blivit virrig. Vilket, om han skulle vara ärlig, han med största sannolikhet hade blivit.

"Har er personal rymt?" frågade värden när Robert avslutat sin svamlande förfrågan.

"Öh, ja, värden, tillsammans med en vuxen anställd ... guvernanten ... som, öh ... är mycket saknad."

Gästerna ropade oanständigheter och skrattade åt hans bekännelse.

"Hans lilla fröken fick ett bättre erbjudande!" ropade en av dem.

"Det är inte sant!" kontrade han, men han hade gått på betet. Kunderna vek sig av skratt på hans bekostnad.

Trots att åtlöjet smärtade honom, höjde han rösten och sa: "Jag måste försäkra mig om att miss Bonklesford åtminstone är säker från sådana som ..."

En kraftig man reste sig från sin pall och utmanade: "Sådana som vad?"

Han höll nästan på att kräkas av skräck.

"Lugna er, Warren", sa värden medan han klev fram från bakom baren. "Här, ta en till öl på husets bekostnad."

Mannen som kallades Warren tog emot sin gratisdryck och satte sig ner. Värden flyttade sig tillbaka och nickade sedan mot en bakdörr. "Här, låt oss få ut er och bort från trubbel."

Han kunde andas igen när de väl var utomhus. "Tack, värden, för ert ingripande."

"Jag gjorde det för att bevara min egendom, inte för er skull. Nu är ni skyldig mig för ölen jag använde för att blidka Warren, och jag ska ge er ett råd som är bättre än pengar på banken. Gå till Acorn and Castle; det är där postdiligenserna kommer och går. Om er donna har lämnat staden eller planerar att göra det, är det där ni hittar henne, eller åtminstone får reda på i vilken riktning hon har farit."

Värden höll fram handen för en belöning, och Robert gav honom mynt värda flera öl. "Tack så hjärtligt."

Värden skakade på huvudet och antog ett plågat uttryck. "Och behandla inte er personal som idioter. De där barnen var fantastiska och ni kastade ut dem!"

"Hör nu på här ..." började Robert. Visste folk i byn redan om barnen? "Jag kastade inte ut barnen, åtminstone inte omedelbart. Jag avskedade miss Bonklesford, och det var hon som sedan tog med sig barnen."

Värden skakade på huvudet medan han stoppade mynten i fickan. "Det kan ni intala er, men hela staden vet vad som hände."

Åh, helvete!

Om värden på detta tvivelaktiga värdshus visste hur det låg till var Roberts rykte lägre än skrapet från en hästsko.

När han återvände till sin vagn fann han barnet där, klappandes på hästen. Pojken verkade vänlig. "Tack för er noggrannhet", sa Robert och gav pojken ett till mynt. "Det här kan verka som en konstig fråga, men ni var väl inte ett av barnen som nyligen bodde på godset?"

Barnet log brett och stoppade myntet i fickan. "Jo, farbror Rory."

Lättnaden sköljde över honom. "Ni är välkommen tillbaka när som helst. Skulle ni nu ha något emot att hjälpa en eländig själ som jag att upptäcka var ... befinner sig ..."

"... hon är precis där borta och kliver in i postdiligensen." Barnet pekade.

# KAPITEL 11

R ose satte sig på sin plats i diligensen, hopklämd mellan sina medresenärer och sidofönstret. Varje litet gupp och varje skakning irriterade livet ur henne. Hennes irritation var helt klart ett resultat av hennes dåliga humör, som bottnade i att hon förlorat både sitt jobb och mannen hon älskade.

På en och samma dag.

Precis före jul.

För att hon var en dumbom och hade fallit så snabbt för honom. Och en ännu större dumbom som trodde att han kände likadant för henne.

De trånga förhållandena och lukten från hennes medresenärer tärde på hennes nerver. Hon kunde vara tacksam för att det inte var högsommar, då kroppsodörerna hade varit mer än väl övermogna.

Hon höll sin resväska hårt mot bröstet, med fötterna hopdragna, borta från männen och deras stora, smutsiga stövlar.

Hon skulle komma att sakna att ha så mycket utrymme för sig själv, som hon hade haft på Gregory House. En sådan lyx efter att ha vuxit upp omgiven av sina barnhemsbröder och - systrar.

Någon gång skulle hon vänja sig vid trängseln igen, men det fanns liten chans att det skulle hända inom en snar framtid. Hon hade fått smak på det goda livet och såg inte fram emot att återvända.

Kvinnan bredvid henne tog fram sin stickning, vilket placerade hennes armbågar i precis rätt höjd för att studsa mot Roses revben i en stadig rytm. Skulle hon åka utanpå istället? Den kalla vinden lockade inte alls.

*"Åtminstone har jag det skönt och varmt, åtminstone har jag det skönt och varmt"*, sa hon för sig själv, och hennes tankar höll takten med grannens stickning.

"Stanna vagnen!", ropade en man.

Rösten lät alldeles för bekant. Hur hon än försökte kunde hon inte se klart ut genom fönstret för att hitta dess ägare.

Plötsligt flög vagnsdörren upp, och där stod baron Gregory, rödblommig i ansiktet och andfådd. "Tack gode Gud för att du fortfarande är kvar. Jag vet inte vad jag skulle ha gjort om du hade åkt."

Som om de var på en tennismatch tittade varje person som var inklämd i vagnen från baronen till Rose, och sedan tillbaka igen.

Han fortsatte flämta men sa ingenting.

Fastklämd på sin plats längtade Rose efter att sträcka sig mot honom, men den stickande damen – som tittade fram och tillbaka mellan dem utan att missa en endaste maska – blockerade vägen.

Hon lyckades få fram ett svagt "Vad är det som är fel?"

"Allt", brast han ur sig, alldeles för högt med tanke på det lilla utrymmet de alla befann sig i. "Godset behöver dig. *Jag* behöver dig. Jag kan inte leva utan dig. Snälla, kom hem."

Hem?

Tårarna sprutade. Våta, ymniga, orediga tårar. Hon försökte hålla handen för munnen för att dölja hur ful hennes reaktion skulle te sig. Hon lyckades kraxa fram ett svagt "Hem?"

"Ja, hem, om du vill ha mig."

Männen som satt mittemot jublade och applåderade. Den stickande kvinnan knuffade Rose med armbågen och sa: "Åh, jag älskar ett frieri. Säg ja och gör slut på hans lidande. Den stackars pojken har haft det svårt sedan hans bror gick bort."

Männen i vagnen höll med.

En annan kvinna flikade in från andra sidan om stickerskan. "Det där var inget vidare frieri, om ni frågar mig."

"Tyst med dig, Nancy", sa den stickande damen, "avsikten var tydlig."

Baronen skakade på huvudet och sa: "Nej, det var förfärligt, och jag ställer till det. Jag tänker inte utsätta dig för offentlig granskning, så du behöver inte svara direkt. Men jag skulle bli ärad, Rose Bonklesford, om du ville bli min fru."

Roses syn blev suddig av tårar.

"Men ba—"

"—barnen? Ja, ta med dem tillbaka också."

Tårar rann nerför hennes kind, och hon snyftade. "För jag skulle inte kunna vara lycklig om jag visste att barnen var olyckliga."

"Exakt", sa han.

En av männen avbröt: "Vad är det här om barn?"

Utanför vagnen ropade kusken: "Ska ni med eller inte? Vi måste vidare."

Baronen sträckte fram sin hand mot Rose och sa: "Snälla, kom hem."

Efter flera "ursäkta mig" och "jag är förskräckligt ledsen" nådde Rose dörren. Med baronens stadiga och varma hand i sin, klev hon ner.

En av herrarna i vagnen räckte över hennes resväska. "Tack för det extra benutrymmet", sa han.

"Inga återbetalningar", sa kusken. "Stäng dörren nu, så åker vi."

Den kalla decembervinden ven runt dem när hästarna drog iväg med vagnen längs huvudgatan.

En folkmassa hade samlats vid gästgiveriet. Rose och Robert hade ingen som helst avskildhet. Hettan brände i Roses ansikte. Han rodnade också våldsamt.

"Det var som själva den", sa en av stadens åskådare.

De var omgivna av så många ansikten att de skulle vara föremål för skvaller i månader framöver.

"Nåväl", sa han, delvis till henne och delvis till sin publik, "ni kan lika gärna höra det från mig. Jag älskar Rose Bonklesford, och jag ämnar gifta mig med henne, om hon vill ha mig."

Folkmassan flämtade till och jublade sedan av förtjusning.

Han fortsatte: "Jag bryr mig inte om vad ni säger om mig, men Rose förtjänar respekt och privatliv eftersom hon är den mest otroliga och hedervärda kvinna jag någonsin mött. Om ni ursäktar oss nu måste vi återvända till Gregory House och ställa allt till rätta."

Folkmassan jublade, och Rose hickade och grät av chock, beundran och överraskning.

Nuddade hennes fötter ens marken när han ledde henne till sin vagn? Hon hade kunnat sväva dit.

"Men var är din kusk?", frågade hon.

"Jag kör."

"Jag tänker inte sitta ensam i vagnen", sa Rose. Till sin förtjusning låg det en liten filt på sätet därinne. Hon tog den och svepte den sedan om sina axlar när hon klättrade upp för att sitta bredvid mannen hon älskade.

Folkmassan på andra sidan gatan skingrades inte.

"Jag antar att det inte fanns en till filt?", frågade han.

"Nej, tyvärr", sa Rose. Hon vecklade ut den och sträckte den sedan för att täcka dem båda. Men den passade dåligt och gjorde inte mycket för att hålla kylan borta.

"Jag kan köra er", sa en kraftig man från folkmassan och steg fram.

Baronens axlar sjönk av lättnad. "Tack, gode man. Här är ett mynt för besväret."

Han och Rose klättrade ner och lämnade över tyglarna till sin frivilliga kusk.

Innan de klev in i vagnen höll Robert ömt om Rose och kysste henne. Hettan från kyssen strömmade genom hennes kropp och gjorde hennes knän mjuka.

Folkmassan jublade igen när de avslutade kyssen och klev in i vagnen. Jublet ekade i luften när deras kusk körde dem mot Gregory House.

På Roses förslag stannade de vid en lada på vägen för att hämta flera av barnen, inklusive Leonora.

Mrs Soames höjde händerna i förtjusning när Rose klev ur vagnen tillsammans med flera barn.

"Å, vilken lycklig dag! Jag satte på en stor gryta soppa, för säkerhets skull! Kan några av er mjölka korna innan läggdags? Jag vet att det inte är den vanliga rutinen, men korna är så olyckliga."

Leonora rätade på sig och tog uppdraget på lika stort allvar som om hon hade blivit befordrad. "Vi ordnar det, oroa er inte." Sedan samlade flickan ihop några av de andra barnen, och på några sekunder rusade de iväg − de flesta mot mejeriet, medan ett par andra gick för att ge kusken instruktioner om var de andra barnen befann sig.

"Det är så roligt att se er, fröken Bonklesford", sa mrs

Soames. Sedan vände hon sig till baronen. "Och jag är glad att se att ni har kommit till sans, Ers Nåd."

Han tog illa upp. "Ska folk tillrättavisa mig nu? Är det hit mitt liv har kommit?"

Mrs Soames log spjuveraktigt. "Bara för en kort stund framöver. Ni skrämde oss förfärligt med ert dåliga omdöme. Ge mig nu några minuter, så ska jag ordna lite mat medan ni vilar vid den öppna spisen."

När de kom fram till den öppna spisen förstod Rose snart varför kvinnan inte bara hade sagt "brasan".

Det brann ingen eld i härden. Den var dock förberedd. Den behövde en låga, vilket hon snabbt hittade. Tändveden tog fyr, men det skulle dröja ett tag innan de kunde få någon större värme.

"Du är enastående", sa Robert.

"Vadå? Att tända en brasa? Det är en grundläggande färd—"

Han kysste bort resten av orden, och de tillbringade de följande minuterna med att värma varandra. När de så småningom drog sig undan höll han kvar henne, smekte henne och ville inte släppa henne. "Jag förlorade dig nästan på grund av min egen dårskap. Jag bryr mig inte om ifall folk gör narr av mig – det förtjänade jag – men du förtjänade det inte."

"Vad fick dig att ändra dig?", frågade Rose, osäker på om hon verkligen ville veta.

"Tja, först och främst saknade jag dig."

"Det är en bra början", sa hon, och en våg av lättnad sköljde över henne.

"Och godset föll samman så fort du och barnen var borta."

"Jag förstår", sa hon. På något sätt var det inte riktigt den försäkran Rose behövde höra.

"Och sedan insåg jag att godset lika gärna kunde falla samman och ta mig med sig. Jag lade för stor vikt vid skvaller och vad folk pratade om istället för vad jag behövde. Jag behöver dig i mitt liv, Rose. Och jag hoppas verkligen att du behöver mig i ditt. Jag fick en försmak av hur mitt liv skulle vara utan dig, och det var som aska i min mun. Du är en enastående naturkraft, och du väcker det här godset till liv. Du väckte *mig* till liv."

Hennes syn blev suddig igen av lyckotårar. "Åh, käre lord Gregory, vad ska jag göra med dig?" Rose omfamnade honom och kysste honom med all sin kärlek.

Han drog sig tillbaka och sa: "Du kan börja med att kalla mig Robert, hela tiden."

De kysstes och värmde varandra, och gav varandra långt mer värme med sina kroppar än vad elden i härden någonsin skulle kunna ge.

# EPILOG

Bröllopet var så enkelt som de kunde göra det, med närmare femtio barn som bildade en hedersvakt för baron och baronessan Gregory när de lämnade kyrkan.

Den kalla februarivinden piskade mot deras rosiga kinder. Snöflingor ersatte blomblad vid den här tiden på året. Gästerna jublade och uppmuntrade dem att kyssas innan de klev in i den väntande vagnen.

Lika mycket som Rose älskade att kyssa Robert, lika mycket älskade hon att kunna känna sitt ansikte. I vagnen väntade filtar på dem. Hon ville komma åt dem så fort som möjligt.

Men jublet fortsatte, och byborna hade varit så stöttande; de var skyldiga dem en liten ömhetsbetygelse.

De kysstes och träffade lite på snedden, eftersom Rose inte kunde sluta skratta och le åt sin lycka. Att gå från föräldralös till baronessa var en rejäl omställning, men med Robert vid sin sida kunde hon klara vad som helst.

Mannen hon avgudade, som avgudade henne tillbaka, var nu hennes make. Även barnen hade fått en varm och trygg plats att bo på, och de lärde sig färdigheter som skulle ge dem goda framtidsutsikter.

En kall smäll träffade henne på kinden. Någon hade kastat en snöboll på dem mitt under kyssen!

Robert skrattade. Hon skrattade. Barnen kramade frenetiskt snö till små bollar för att kasta på dem.

"Okej, nu räcker det!" Robert gav sin hatt till Rose och skopade sedan upp en snöboll för att kasta på sina små angripare.

Inom några sekunder flög snöbollar genom luften i alla riktningar. Rose använde Roberts hatt för att skydda ansiktet från de vita vapnen.

Robert vände sig sedan tillbaka mot Rose, lyfte upp henne i sina armar och joggade till säkerheten i vagnen, båda skrattande så mycket att de nästan ramlade omkull.

Han placerade dem båda i vagnen och slog igen dörren, precis i tid för att fönstren skulle bombarderas med fler snöbollar.

Rose skrattade så att hon fick ont i både magen och ansiktet. Bombardemanget blev starkare. Snart var det så mycket snö på rutorna att de inte kunde se ut.

Hästarna ryckte igång, och de skumpade och skrattade hela vägen längs huvudgatan.

Filtarna. Rose grep en och svepte den över sig själv och sin make. Han tog en till och stoppade om dem.

"Jag vet ett väldigt effektivt sätt att bli varm på, min älskling", sa Rose.

Robert tryckte sina kalla läppar mot hennes, och efter några sekunder började de båda tina.

Mycket snabbt.

# OM FÖRFATTAREN

Ebony Oaten älskar ordlekar och är mycket glad över att hennes titlar, som är fyllda med ordlekar, kan översättas relativt bra.

Du kan hitta henne på Facebook, där hon slösar alldeles för mycket tid. Om du hittar henne där, be henne att återgå till att skriva fler av sina fräcka, fåniga och sexiga noveller.

Tack!

facebook.com/EbonyOaten

www.ingramcontent.com/pod-product-compliance
Lightning Source LLC
Chambersburg PA
CBHW051711180726

48283CB00004B/1302